Ubi abundavit delictum, superabundavit gratia.

Rom. V. 20

LETTRES

DE

MADAME LA DUCHESSE

DE LA VALLIERE,

MORTE RELIGIEUSE CARMELITE,

Avec un Abrégé de sa vie pénitente.

A LIEGE,

Et se trouve A PARIS,

Chez ANTOINE BOUDET, rue S. Jacques.

MDCCLXVII.

AVERTISSEMENT
DE L'ÉDITEUR.

LEs Lettres que nous publions ne font pas fans doute les feules qui aient été écrites par l'illuftre Dame dont elles portent le nom. Celles-ci font toutes adreffées à un ami digne de fa confiance & de fon eftime, à qui elle fe croyoit redevable, après Dieu, de la délivrance de fon ame, & qui paroît en effet lui avoir rendu les plus importans fervices, pour l'aider à fortir du profond abyme où Dieu avoit permis qu'elle tombât, afin de la rendre enfuite un figne prodigieux à la face de l'Eglife.

Quoique ce petit recueil foit bien capable de faire défirer celles qui demeurent enfevelies, & que nous n'avons pu recouvrer, il fuffit, pour faire connoître l'efprit & le cœur de Madame la Ducheffe de la Valliere, plus célébre encore par fa retraite & fa mort aux Carmélites, que par fa vie à la Cour de Louis XIV. Mais ce qui rend ces Lettres incomparablement plus intéreffantes encore, c'eft qu'elles font tout à fait propres à manifef-

ter le fecret des miféricordes
du Seigneur, & à faire admirer la vertu auffi douce
que puiffante de la grace,
qui fçait quand elle veut
rompre les chaînes les plus
fortes, purifier les ames les
plus fouillées, fe foumettre
les volontés le plus profondément engagées dans les
liens de l'iniquité, & leur
faire gouter dans la plus
auftere pénitence des confolations & des délices bien fu-
périeures à tous les faux attraits du péché.

Nous nous faifons donc
un devoir de mettre ces Lettres dans les mains du public, comme un tréfor dont

il ne doit pas être privé plus plus long-tems. La conversion de cette Dame & sa longue pénitence a été une merveille si éclatante dans tout l'univers, qu'il est juste & nécessaire de n'en pas laisser perdre le souvenir, mais d'en faire revivre le spectacle, autant qu'il est possible, aux yeux des Chrétiens, sur-tout dans un siécle tel que celui où nous vivons.

C'est par le même motif qu'ayant eu le bonheur de découvrir des Mémoires particuliers, mais bien authentiques, qui joints à ces Lettres renferment les principaux

traits du tableau de notre illuftre pénitente, nous avons
cru devoir les recueillir avec
autant de foin que de fidélité, pour en former une Hif-
toire abrégée de fa vie & de
fa mort édifiante. On ne doit
pas s'attendre néanmoins
que nous entrions dans le
détail de fes égaremens qui
font affez connus. Nous nous
propofons fingulierement
ici de peindre ce que la grace de Dieu a fait en elle ,
pour y retracer fon image,
que le démon avoit fi étrangement défigurée.

Heureux fi cet échantil-
lon des fentimens de notre
illuftre Pénitente, peut fer-

vir à confondre les témérai-
res Ecrivains, qui ennemis
de Dieu & de la vertu, ont
voulu comme traveſtir un ſi
grand évenement, en don-
nant de fauſſes couleurs à
cette œuvre de la grace, &
faire paſſer pour des mouvemens tout humains, &
même criminels, de dépit &
de jalouſie, des réſolutions
ſi généreuſes & ſi bien ſou-
tenues !

HISTOIRE

HISTOIRE
ABRÉGÉE
DE LA VIE ET DE LA PÉNITENCE
D E
MADAME LA DUCHESSE
DE LA VALLIERE,

Morte Religieuse Carmelite.

OMME nous envisageons ici Madame Louise-Françoise de la Baume-le-Blanc de la Valliere, depuis Duchesse de Vaujour, principalement du côté qui fait sa véritable grandeur aux yeux de la Foi, nous n'avons pas besoin

A

d'infifter fur la nobleffe de fon
origine. Il nous fuffit de dire
qu'elle étoit de l'ancienne maifon de la Baume, originaire
de Bourbonnois, dont une
branche s'établit en Touraine,
au Château & Seigneurie de
la Valliere. C'eft de cette branche que defcendoit l'illuftre
Dame dont nous parlons. Elle
étoit fille de M. Laurent de la
Baume-le-Blanc, troifiéme du
nom, Marquis de la Valliere,
Baron de la Maifon-Fort, &c.
Gouverneur d'Amboife, qui fe
diftingua dans les Armées, &
fignala fa fidélité en gardant la
Ville & le Château d'Amboife
pendant les troubles ; & de
Dame Françoife le Prévôt,
fille de Jean Seigneur de la
Coutellaye, &c. Écuyer de la
grande écurie du Roi : & niéce
de Gilles de la Baume - le-

Blanc de la Vallicre, qui, après avoir été Chanoine de S. Martin de Tours, puis Évêque de Nantes, & s'être rendu recommandable par son esprit & sa piété, se démit en 1677 de son Évêché, & mourut âgé d'environ 93 ans en 1709.

Louise-Françoise naquit au commencement d'Août 1644, ou suivant un autre mémoire 1643, & perdit son pere de bonne heure. Sa mere ayant époufé dans la suite M. de Saint-Remi, premier Maître-d'Hôtel de Monfieur, Duc d'Orléans, frere de Louis XIII, la jeune Demoifelle fut élevée à la Cour de ce Prince ; & avoit prefque toujours refidé à Orléans ou à Blois.

Dans fes premieres années Mademoifelle de la Valliere ne paroiffoit guère propre à faire

le personnage & à tenir le
rang qu'elle eut depuis à la
Cour de Louis XIV. La fa-
geſſe & la modeſtie ſembloient
être nées avec elle. C'eſt un
témoignage que tous les mémoires, tant publics que particuliers, lui rendent unanime-
ment, & qui fut confirmé dans
le temps par celui de Monſieur
lui-même. Car de jeunes perſonnes de la ſociété & de l'âge
de Mademoiſelle de la Valliere ayant montré dans une
occaſion beaucoup de légereté,
ce Prince qui en fit connoître
ſon mécontentement, dit publiquement; *Pour Mademoiſelle*
de la Valliere, je ſuis aſſuré
qu'elle n'y a pas de part : elle
eſt trop ſage pour cela. Elle a
depuis avoué elle-même que ce
témoignage éclatant rendu à la
régularité de ſa conduite par

une bouche si respectable, fut pour elle une blessure mortelle. Elle en conçut des sentimens si flatteurs de complaisance en elle-même, qu'elle n'a jamais douté que cette secrete présomption n'ait été par une juste mais terrible punition de Dieu, la cause funeste de ses malheurs & de ses chûtes. Ainsi éprouva-t-elle par la suite la vérité de cette parole de S. Augustin : *Il est utile aux superbes de tomber dans quelque péché évident & manifeste, qui les porte à rougir d'eux-mêmes & à se haïr, après être tombés d'avance* intérieurement *par la complaisance* criminelle qu'ils avoient dans leur vertu.

De la Cité de Dieu, l. xiv. ch. 13. n. 2.

Le mariage de Monsieur, frere unique de Louis XIV avec Madame Henriette-Anne d'Angleterre, lequel fut célébré le 31 Mars 1661 fut pour Mademoiselle de la Valliere une époque aussi pernicieuse à son ame, qu'avantageuse & honorable aux yeux de la chair & du monde. Elle fut placée auprès de Madame en qualité d'une de ses filles d'honneur : ce qui lui donna lieu de voir & d'être vue, & de prendre part aux délices & aux amusemens d'une Cour jeune & brillante. Elle s'y comporta néanmoins d'abord avec beaucoup de retenue, se faisant aimer & estimer, moins encore par ses qualités extérieures, que par un caractere de douceur, de bonté, de complaisance, de droiture, de naïveté qui lui étoit comme naturel, & par des sentimens de noblesse, de bienfaisance, de générosité, qui lui ont peut-être acquis la réputation dont elle parle dans la Lettre XVII. *de n'être guère entendue en matiere d'intérêt.*

Mais Mademoiselle de la Valliere porta auffi à la Cour ce cœur extrêmement tendre & fenfible, dont elle parle fi fouvent dans fes Lettres. Cette dangereufe fenfibilité, fi utile cependant & fi favorable quand elle fe porte à des objets dignes de l'affection d'une ame immortelle faite pour poffèder Dieu, la féduifit & la trahit. Elle plut à Louis XIV. Elle-même ofa concevoir pour fon Roi des fentimens, que les belles qualités de ce Prince firent naître dans fon ame, que le refpect & le devoir auroient du lui interdire, qu'elle auroit voulu pouvoir fe cacher à elle-même, & qu'elle n'eut pas la

force & la prudence de diffi-
muler. Entraînée par le penchant de son propre cœur, elle
eut la foiblesse de se laisser aller à ces funestes engagemens,
qui occasionnerent tant de troubles & de jalousies dans l'intérieur de la Cour, & qui firent
verser bien des larmes aux deux
Reines Anne & Marie - Therese d'Autriche. Le Monarque
goûta avec cette Favorite le
plaisir & le rare avantage d'être aimé uniquement pour lui-même : & malgré ses bouillantes passions & les reproches
qu'il s'en faisoit, il revenoit
toujours à celle, qui par la bonté
de son caractere & par un
amour aussi vif que sincere,
plus encore que par les charmes de sa personne, l'avoit
subjugué sans art & sans étude.

Il est inutile de rapporter ici

toutes les fuites de ces défordres qui perfévérerent pendant
quelques années. Perfonne n'i-
gnore à quel degré de faveur
cette malheureufe victime de
fa propre fenfibilité parvint en
peu de temps. Après plus d'une
année de réfiftance & de combats entre fon devoir & fa foibleffe, elle devint fucceffive-
ment mere de trois ou quatre
enfans, dont le premier qui
étoit un Prince, mourut en bas
âge, & fut enterré à S. Euf-
tache : le deuxiéme qui étoit
auffi un Prince, mourut pré-
maturément de la peur que la
mere eut d'un coup de tón-
nerre. Deux autres enfans na-
quirent enfuite & furent éle-
vés avec foin. 1º. Marie-Anne
de Bourbon, nommée Made-
moifelle de Blois, & depuis
Princeffe de Conti, naquit en

Octobre 1666. 2°. Le Prince Louis de Bourbon, Comte de Vermandois, depuis Amiral de France, naquit le 13 Mai 1667. Dans la même année & au même mois, le Roi par Lettres-Patentes vérifiées en Parlement, érigea, en faveur de Madame de la Valliere & de la Princesse sa fille, en Duché-Pairie la terre de Vaujour & les Baronies de Saint-Christophe en Touraine, de Courcelles en Anjou, avec leurs Seigneuries, circonstances & dépendances.

Dans cette humiliante élévation, Madame de la Valliere ne s'oublia jamais entierement elle-même. Quand elle conçût le premier fruit de sa tendresse, confuse de son état auquel elle ne pouvoit se faire, elle le cacha avec tant de soin,

que la Cour ne s'en apperçut
pas, & que la Reine même
n'en eut aucun soupçon : &
lorsqu'elle l'eut mis au monde,
bien loin de s'en prévaloir comme d'un bonheur qui devoit lui
procurer plus de considération,
le respect qu'elle avoit pour la
Reine, fit qu'elle s'exposa volontairement aux accidens les
plus fâcheux & les plus mor-
tels, pour ôter toute idée de sa
véritable maladie, à la Reine
qui trompée par ces précau-
tions, détruisit elle - même le
bruit qui s'en répandoit sour-
dement à la Cour. Ce secret
étoit l'unique consolation de la
favorite, qu'on appelloit encore hautement *la Belle à scru-
pules.*

Lors même que Louis XIV
irrité de la jalousie des Dames
de la Cour & de la malignité

de fes favoris, ne voulut plus
cacher fa paffion pour Madame de la Valliere, & lui
fit fa maifon avec une magnificence digne de la grandeur
& de la tendreffe d'un Roi ; la
Favorite tirée par là de la dépendance, ne perdit pas tout-
à-fait les premiers fentimens
qu'on avoit admirés en elle
avant fon changement de conduite & d'état. Non-feulement
elle n'abufa pas de fon crédit
pour donner entrée dans fon
ame à l'ambition & aux autres
paffions, qui ne font que trop
fouvent les compagnes infépa-
rables de la place qu'elle occupoit ; elle ne s'en fervit au
contraire que pour folliciter
vivement en faveur des perfonnes qui avoient déplu au
Roi en manifeftant fes intrigues, & pour faire du bien à

tous ceux à qui elle pût être utile.
Ce fut cependant toujours avec
tant de modération & de retenue, qu'elle sembloit ne pas
se connoître elle - même. A
peine se souvint - elle qu'elle
avoit des parens. Elle n'entra
pas dans les intrigues ou les
passions des courtisans. Lui
plaire ou lui appartenir ne tint
pas lieu de mérite : lui déplaire
ne fut point un crime. Toute
renfermée dans sa passion ;
toute occupée de l'auguste objet dont elle étoit l'idole, &
qu'elle même idolâtroit, elle
ne voyoit presque personne,
fuyoit l'éclat & les plaisirs, &
ne paroissoit pas avoir d'autre
ambition que d'aimer le Roi
& d'en être aimée.

Aussi une Dame de grand
esprit, Madame de Sevigné,
disoit-elle en parlant d'une au-

tre favorite : *Il faut l'imaginer précisément le contraire de cette petite violette, qui se cachoit sous l'herbe, & qui étoit honteuse d'être maitresse, d'être mere, d'être Duchesse. Jamais*, ajoutoit-elle, *il n'y en aura sur ce moule.* Et la même Dame parlant d'une visite qu'elle avoit faite à Madame de la Valliere depuis qu'elle étoit Religieuse, & de ses belles qualités dans ce nouvel état, après l'avoir nommée *un Ange*, disoit avec une délicatesse bien énergique : *Pour la modestie elle n'est pas plus grande, que quand elle donnoit au monde une Princesse de Conti. Mais c'est assez pour une Carmelite.*

Ces dispositions & cette conduite n'étoient pas dans Madame de la Valliere l'effet seulement du caractere & du tempérament. On ne peut s'empêcher de reconnoître qu'elles tenoient d'un principe beaucoup plus eſtimable, c'eſt-à-dire, d'un fonds de religion, que la violence de la paſſion n'avoit pas entierement détruit. Vertueuſe, s'il étoit poſſible, dans le ſein même du crime, elle n'oublia jamais qu'elle faiſoit mal, gemit toujours de ſa foibleſſe, & conſerva le deſir & l'eſpérance de rentrer dans le bon chemin. Elle méconnut ſouvent ſon devoir : mais elle reſpeƈta toujours la ſageſſe. Les nouvelles fautes lui coutoient autant que la premiere foibleſſe. Loin de ſe faire au crime, ſon cœur ſembloit le déteſter tous les jours davantage. La pudeur la ſuivoit juſque dans l'enyvrement du péché : & ſi elle n'étoit pas fidéle aux cris de ſa conſcience, elle n'en mépriſoit pas les avertiſſemens, loin de leur impoſer ſilence. Les pré-férences que le Roi lui don-noit ſur la Reine, la bleſſoient elle-même peut-être autant que l'épouſe : & elle ſe plaignoit ſans ceſſe d'être trop aimée, tandis qu'elle ne croyoit ja-mais aimer aſſez.

La droiture, la naïveté, la ſincérité, qualités qui ſont ordinairement les premieres noyées dans les intrigues ora-geuſes de la Cour, conſerve-rent dans l'ame de Madame de la Valliere l'aſcendant ſupé-rieur, qu'elles y avoient tou-jours eû dès ſon premier âge. On lui confioit ſans inquiétude les ſecrets les plus particuliers. Et quoiqu'elle eut ſouvent pro-mis au Roi de ne lui jamais rien cacher, elle s'expoſa dans une occaſion délicate à perdre ſes bonnes

bonnes graces, plutôt que de manquer à la fidélité qu'elle devoit à une de ſes amies. Comme *elle ne ſçavoit pas mentir*, dit le mémoire d'où nous tirons cette anecdote, le Roi qui s'apperçut ſans peine qu'elle lui faiſoit un myſtère, & qui ne put en tirer l'aveu de ce qu'elle lui cachoit, lui en fit les plus vifs reproches. Le reſſentiment qu'il parut conſerver de cette conduite de Madame de la Valliere, la mît dans une ſi grande conſternation & dans un tel trouble, qu'elle ſortît dès le matin du Palais des Tuilleries, où elle demeuroit encore alors auprès de Madame, & s'alla refugier dans un petit couvent obſcur à Chaillot, ſans qu'on pût ſçavoir ce qu'elle étoit devenue. Mais cette fuite, qui n'avoit pour motif qu'une eſpece de déſeſ-

B

poir, n'étoit pas pour Madame de la Valliere le moment précieux de la miféricorde que Dieu lui réfervoit. Recherchée avec une xtrême empreffement, & promptement découverte, elle fe laiffa remmener fans réfiftance, & reprit fes chaînes, que cette fauffe ombre de liberté ne fit que refferer davantage.

Cependant modefte & timide, elle ne goûtoit dans toutes les fêtes que le Roi lui donnoit, d'autre plaifir que le fentiment d'affection qui régnoit dans fon cœur. Auffi avouoit-elle dans fes années de pénitence, que lors même que tout confpiroit à lui faire aimer avec la plus féduifante fatisfaction les fauffes & criminelles délices du monde & de la vanité, bien loin d'en être comme enforcellée, felon

l'expreſſion de l'Ecriture, elle
éprouvoit au-dedans d'elle-même un trouble & une ſecrete
confuſion qui ne lui permet-
toient pas de jouir en repos
d'aucun plaiſir. Ces ſalutaires
amertumes qui la ſuivoient
par-tout, l'empêchoient de
ſe laiſſer étourdir par le tumulte des divertiſſemens. Le
poids même & le bruit de
ſes chaînes étoit pour elle
un continuel avertiſſement du
honteux eſclavage où elle étoit
réduite, & un motif preſ-
ſant d'en deſirer & d'en attendre l'affranchiſſement. Enfin
les ſolemnités, les temps de jeûnes & de prieres, pendant leſ-
quels l'uſage même du monde
exigeant l'interruption des plaiſirs, exige auſſi des pratiques
plus marquées de religion, ces
temps qui ſont ordinairement ſi

redoutés des favorites, n'é-
toient pas craints par Madame
de la Valliere. C'étoit pour elle
comme des temps de relâche &
de loifir, où elle pouvoit déplorer avec plus de liberté fes mi-
feres, & implorer la divine miféricorde.

Dieu qui ne perdoit pas de
vue cette brebis égarée, & qui
vouloit la rappeller à lui après
de fi terribles écarts, fembloit
la préparer à ce retour fi defi-
rable, lui en ouvrir la voie &
l'entretenir au moins dans l'efpérance du falut dont elle étoit
fi étrangement éloignée, en lui
donnant comme des preffenti-
mens des dons qu'il lui réfervoit. C'eft ce qu'elle entrevit
elle-même avec beaucoup de
joie dans les pieux remercimens
que lui fit un jour un Religieux
à qui elle venoit de donner de

ſa propre main une aumône conſidérable : *Ah ! Madame, s'écria-t-il, vous êtes trop chari-table pour que Dieu n'ait pas pi-tié de vous : eſpérez en lui : vous éprouverez un jour les effets de ſa miſéricorde :* ou comme le rap-porte un autre mémoire : *Ah ! Madame, vous ſerez ſauvée : car il n'eſt pas poſſible que Dieu laiſſe périr une perſonne qui fait ſi li-béralement l'aumône pour l'amour de lui.* Ces paroles remplirent Madame de la Valliere d'une ſenſible conſolation ; & firent tant d'impreſſion ſur ſon eſprit, qu'elle s'en eſt toujours ſouve-nue, comme d'une prédiction qui lui annonçoit d'avance le bonheur de ſa délivrance.

Pluſieurs perſonnes de piété, & qui ne pouvoient s'empêcher d'eſtimer & d'aimer toujours celle que le torrent avoit emportée fans l'engloutir, & fur laquelle le puits de l'abyme n'étoit pas encore fermé, entroient avec ardeur dans les deffeins de la divine miféricorde, en demandant avec inftance & fans fe laffer, la converfion de cette péchereffe. Depuis quelques années on ne ceffoit de faire des vœux pour elle : & au lieu de l'indignation & du mépris qui font ordinairement le partage de celles qui fe rendent coupables d'un fi énorme fcandale, on avoit pour celle-ci de tendres fentimens de compaffion, qui animoient de plus en plus les prieres par lefquelles on redemandoit à Dieu une ame que le Dragon avoit devorée.

Madame de la Valliere avoit connoiffance du zèle avec lequel fes véritables amis s'intéreffoient pour elle : & tout lui

devenoit des raiſons preſſantes
de gémir ſur ſon état, & de
profiter avec reconnoiſſance de
tous les évenemens qui pouvoient l'aider à rompre des liens
dont ellé auroit eu trop de peine à ſe défaire. Elle avoit déja
plus d'une fois échappé à la
Cour ; mais ces premieres ten-
tatives n'avoient pas été heu-
reuſes. Elle avoit ſuccombé autant de fois à ſa propre foibleſſe, & ſon ſacrifice étoit demeuré imparfait. Outre l'occaſion
dont nous avons parlé plus
haut, elle s'étoit encore retirée
à Chaillot pour pleurer en liberté ; & ſembloit dans cette
nouvelle fuite plus capable de ſe
dégouter tout-à-fait de ſa ſervitude. Mais ſon heure n'étant
pas encore venue, deux mots
de la main du Roi la rendirent
à la Cour malgré les mécon-

tentemens & les chagrins qu'elle éprouvoit alors. Cependant tandis que les courtisans s'imaginoient que ces voyages & ces retraites n'étoient qu'un jeu affecté ; les sentimens de piété & de pénitence devenoient de jour en jour aussi profonds & aussi fermes dans Madame de la Valliere, qu'ils avoient été d'abord superficiels & passagers.

Une violente & dangereuse maladie qui la conduisit aux portes de la mort quelque temps avant de s'arracher tout-à-fait à la Cour, acheva par la grace de Dieu de l'affermir dans le dessein qu'il lui avoit déja inspiré de réparer sa vie passée par les travaux d'une sérieuse pénitence, & de faire servir comme d'instrumens à la justice tout ce qui en elle avoit été employé

à

l'iniquité. Les *Réflexions fur la
miféricorde de Dieu* qu'elle écrivit pour fa propre édification,
quand elle fut un peu rétablie,
font un monument public de la
fincérité & de la vivacité des
fentimens qu'elle conçut à cette
occafion. Son efprit & fon cœur
y font peints au naturel & fans
affectation. Et comme ces Réflexions font entre les mains de
tout le monde, chacun peut aifément fe former, d'après la lecture & la méditation de ce petit ouvrage, l'idée du caractere
de Madame de la Valliere.
On s'étonnera peut-être avec
quelque fondement que ces *Réflexions* aient été imprimées :
& quelque édifiantes qu'elles
foient, on ne fe perfuadera pas
facilement que notre Pénitente, qui depuis fa converfion n'a
paru defirer que d'être oubliée,

C

ait cherché à se faire un nom par la publication de cet ouvrage. Aussi n'est-ce pas à elle que l'on en est redevable. Mais une Dame de grande vertu & de ses amies lui enleva ces *Réflexions* ; & se fit un devoir de les rendre publiques & communes par la voie de l'impression.

Dieu cependant voulut faire acheter à Madame de la Valliere la précieuse liberté qu'il avoit résolu de lui accorder , & triompher lui-même avec plus d'éclat de tous les obstacles , qui devoient s'opposer aux généreuses résolutions dont il étoit l'auteur. Mais pour l'aider à vaincre de si dangereuses tentations , la divine miséricorde lui donna deux amis précieux & sinceres , qui dans un état bien différent l'un de l'autre , lui furent également d'un grand se-

cours. Madame de la Valliere
prit pour confident de ses bons
desseins M. le Maréchal de Bellefond, qui avoit embrassé le
parti de la piété avec le plus
grand zèle, & qui étoit fort lié
avec le célèbre Abbé de Rancé,
Réformateur de la Trappe.
C'est à lui que sont adressées les
Lettres que nous publions : &
quoique nous n'ayons pas celles
qu'il écrivoit lui-même à Madame de la Valliere, les réponses
de la Dame suffisent pour faire
connoître combien il étoit zèlé
pour le salut de cette ame, &
que cet ami fut pour elle un instrument bien précieux de la
grace. Madame de la Valliere
trouva aussi dans M. Bossuet,
ancien Évêque de Condom,
qui étoit pour lors l'oracle de
la Ville & de la Cour, & qui est
devenu depuis, celui de toute

l'Église, un miniftre éclairé &
bien capable de la diriger dans
les voies de la pénitence à laquelle Dieu l'appelloit. „ *J'ai*
vû, difoit-elle au Maréchal
dans une Lettre du 21 Novembre 1673, *M. de Condom; & lui*
ai ouvert mon cœur : il admire la
grande miféricorde de Dieu fur
moi, & me preffe d'exécuter fur
le champ fa fainte volonté : il eft
même perfuadé que je le ferai plu-
tôt que je ne crois.

  Le deffein dont il s'agit ici
& pour l'exécution duquel Madame de la Valliere n'avoit pas
moins d'empreffement que le
fçavant Évêque & le pieux Maréchal, étoit celui d'une rupture
entiere avec la Cour, & d'une
profonde retraite, qui paroiffoit
feule capable de la mettre tout-
à-fait en fûreté. Mais on verra
par la lecture des Lettres qui

fuivent ce récit, que fi ce deffein étoit convenable & même
néceffaire, il s'y rencontroit des
difficultés qui ne pouvoient être
applanies, du moins auffi promptement que chacun le defiroit.
Le rétabliffement de la fanté de
Madame de la Valliere dont la
convalefcence fut longue ; l'ar-
rangement de fes affaires qu'elle
ne devoit pas abandonner ; les
mefures qu'elle avoit à prendre
par rapport à fes enfans, étoient
des obftacles bien légitimes à la
précipitation de fa fuite. Auffi
les vifs reproches que le Maréchal lui faifoit, & que la Dame
recevoit avec tant d'humilité &
de foumiffion, peuvent être re-
gardés plutôt comme des coups
d'aiguillon pour la faire fortir
plus promptement & plus parfaitement du bourbier dont elle
n'étoit pas encore entierement

dehors, que comme des preuves de foibleſſe ou d'héſitation de ſa part.

Un autre ſujet de retardement étoit le choix de la retraite, & du tombeau où elle vouloit s'enſevelir. L'eſprit qui l'animoit ne lui permettant pas de mettre des bornes à l'étendue & à l'intégrité de ſon ſacrifice, elle balança d'abord entre les Capucines & les Carmelites, où elle eſperoit trouver également l'obſcurité & l'auſtérité, ou plutôt la mort Evangélique qu'elle cherchoit. Et c'étoit aſſurément une preuve bien ſenſible qu'elle ne deſiroit pas ſeulement de ſe cacher au monde dont les vanités l'avoient enivrée, mais qu'elle vouloit ſincérement expier par les travaux d'une humble & ſincere

pénitence, les douceurs criminelles qu'elle avoit goutées à
la Cour. La Providence dé-
cida pour les Carmelites. Peut-
être le Maréchal de Bellefond,
qui avoit beaucoup d'habitude
dans cette maison, où l'on verra
qu'il avoit une sœur & une fille
Religieuses, contribua-t-il à
fixer sur ce point l'irrésolution
de Madame de la Valliere.

Quoi qu'il en soit, elle se per-
suada elle-même que c'étoit l'a-
syle que Dieu lui avoit montré
précédemment dans un songe
qu'elle n'avoit jamais oublié; &
qui peut être regardé comme
un de ces heureux pressenti-
mens qu'elle avoit eu quelquefois, comme on a déja vu, de
sa future délivrance. Quelques
années avant qu'elle quittât la
Cour, & dans le temps même
qu'elle étoit le plus fortement

attachée au monde, elle rêva une nuit qu'étant dans une Églife qu'elle ne connoiſſoit pas, elle voyoit dans une eſpece de tribune fort élevée pluſieurs Religieuſes vêtues de blanc, qui alloient à la Communion avec des cierges allumés, & que tout ce lieu étoit éclairé d'une grande lumiere. Quoiqu'endormie, elle s'occupoit du bonheur de celles qu'elle croyoit voir, & demeura à ſon réveil fort frappée de ce ſpectacle qui s'étoit paſſé dans ſon imagination. Mais elle fut encore plus ſurpriſe, lorſque la premiere fois qu'elle entra aux Carmelites à la ſuite de la Reine, elle reconnut ce même lieu qu'elle avoit vu en ſonge.

Avant que de s'unir à ces ſaintes Religieuſes, peut-être avant que d'avoir pris le parti de ſe retirer dans cette Communauté, Madame de la Valliere avoit déja formé quelque liaifon avec elles, mais fans fe faire connoî-tre. Un jour qu'elle étoit toute occupée de fes deffeins de re-traite, elle accompagna une Dame de fes amies qui alloit rendre vifite dans ce Couvent, & revint toute pénétrée de ce qu'elle y avoit vû & entendu d'édifiant. Ce qui la frappa fur-tout, fut cette fainte liberté d'ef-prit qui paroiffoit dans la con-verfation de ces chaftes époufes de Jefus-Chrift, & qui ne pou-voit être que le fruit de la pu-reté de leur confcience, & de la paix intérieure dont elles jouif-foient dans la poffeffion du céle-fte Époux de leurs ames. C'eft le jugement qu'en porta Madame de la Valliere, & ce qui alluma de plus en plus en elle le defir de fe donner toute entiere à

Dieu. Dans une seconde visite, où elle accompagna encore huit ou dix jours après la même Dame, elle reçut une espece de confusion, qui, bien loin de la rebuter ou de la décourager, ne servit qu'à l'affectionner davantage pour ces saintes Religieuses, & à l'affermir de plus en plus dans ses pieux desseins. Après quelques momens d'entretien, la Dame ayant dit aux Religieuses qu'elle avoit avec elle Madame la Duchesse de la Valliere, ces saintes filles, qui n'avoient pas encore connoissance du changement admirable que la droite du Très-Haut avoit opéré dans cette ame, mais qui ne pouvoient ignorer la figure qu'elle avoit fait ci-devant à la Cour, & dont l'éclat retentissoit partout, prirent tout d'un coup un air plus froid & plus sérieux.

L'humble pénitente ne manqua pas de remarquer cette fage réferve ; mais elle n'en conçut que plus d'eftime & de refpect pour ces chaftes colombes ; & ce fut comme un nouvel attrait qui la détermina à choifir fa retraite dans leur fociété.

Madame de la Valliere s'étant ouverte au Maréchal de Bellefond, qui avoit, comme il a été dit plus haut, des relations fort intimes dans cette maifon, il fit avec empreffement les démarches & les follicitations néceffaires pour s'affurer qu'on y recevroit cette Dame, quand elle feroit en état d'y entrer. Et dès lors elle fe regarda comme des leurs, leur rendit fidélement compte des difficultés qui, en retardant l'accompliffement de fes defirs, les enflammoient de plus en plus ; & les

confultoit comme fes fupérieu-
res & fes maîtreffes fur la nouvelle vie qu'elle vouloit embraffer. C'eft ce que l'on apprend
par les Lettres fuivantes, qu'il
feroit inutile de tranfcrire ici,
& auxquelles nous nous conten-
tons de renvoyer le Lecteur,
pour l'inftruire de ce qui fe paf-
foit dans le cœur de cette Dame.

Jufques là, fon projet de retraite, conçu & arrêté depuis
long-temps, étoit demeuré fecret. Mais elle nous apprend
elle-même que depuis la vifite
de M. Boffuet, le bruit de fon
deffein fe répandit très-promptement, fans qu'elle put fçavoir
ni conjecturer la caufe de cet
éclat, dont elle vouloit même
profiter pour fe retirer avec plus
de précipitation, fi les fuites de
fa maladie avoient pû le lui permettre.

Ce fut apparemment alors qu'elle fit confidence de son def-fein à Mme Scaron, depuis Mme de Maintenon, qui effrayée d'une pareille réfolution, fit tous fes efforts pour engager la Duchefle à s'interroger encore, lui remon-trant la conféquence d'un pre-mier pas, & les fuites d'un en-gagement fi éclatant. Mais la Pénitente tint ferme, & fit voir qu'on pouvoit tout en celui qui eft la fource de la force & du courage; elle n'en fut même que plus emprefée à exécuter fon deffein fans délai. Ce fut aufli vraifemblablement dans ces cir-conftances que Madame de la Valliere partit fecretement de Saint-Germain, & s'enferma dans fon Couvent de Chaillot; d'où elle écrivit au Roi une Lettre telle que la put dicter un cœur fait comme celui de Ma-

dame de la Valliere, en qui tout
devoit être admirable, & qui
ayant aimé avec plus de vivacité, de fincérité & de délicateffe qu'aucune autre femme,
voulut s'en punir avec plus de
févérité que perfonne ne l'a
peut-être jamais fait. Le Maréchal de Bellefond eut ordre de
la ramener. Mais elle le pria de
dire au Roi, qu'*après lui avoir
donné toute fa jeuneffe, ce n'étoit
pas* ꞏ˚ꞏ˚ *du refte de fa vie pour
l'employer au foin de fon falut.*
Le Roi fut attendri; & envoya
M. Colbert la prier inftamment
de revenir à la Cour. Elle obéit
encore. Mais à cette fois ce fut
pour faire part au Roi même de
fa réfolution & du parti qu'elle
étoit fur le point d'exécuter, en
fe retirant tout-à-fait du monde, & s'enfeveliffant dans le
monaftère des Carmelites. Le

Roi qui refpectoit de fi généreux fentimens, la conjura néanmoins d'en remettre l'exécution
à un autre temps, la pria de
confidérer la délicateffe de fa
fanté, les fuites d'un engagement perpétuel, la facilité &
l'avantage de faire plus de bien
dans le monde que dans la retraite. Il voulut même l'engager à choifir un Ordre moins
auftère, & où elle pourroit elle-
même gouverner & édifier une
maifon. Mais rien ne put ébranler la conftance & la magnani-
mité de l'illuftre pénitente : &,
fuivant le mémoire d'après lequel nous écrivons ceci, c'eft
à cette occafion qu'elle fit en
gémiffant cette belle réponfe :
Quand on s'eft perdu foi-même,
peut-on être capable de fe rendre
utile aux autres? Le Roi n'ayant
pû rien gagner, fe retira rem-

pli d'édification & les yeux bai-
gnés de larmes.

Le deffein de Madame de
la Valliere étant ainfi devenu
tout - à - fait public , chacun
redoubla d'efforts pour l'engager à changer de réfolution. Le
Démon ne pouvoit voir qu'avec
un défefpoir furieux cette proie
prête à lui échapper pour toujours, & fur-tout l'ébranlement
qu'un fi grand exemple pouvoit
donner à fon empire. Ce ne fut
donc pas affez à fa malice d'ef-
fayer d'abattre Madame de la
Valliere par les railleries des
mondains, de l'attendrir par
les follicitations & les regrets
de fes proches & de fes amis,
de l'effrayer par l'idée d'une vie
auffi dure & auffi pénible que
celle qu'elle fe propofoit d'embraffer , dans un âge qui pouvoit lui faire craindre une longue

gue fuite de dégouts, de repen-
tirs & de retours vers le monde.
Il ne fe contenta pas de femer
d'épines & de *fermer de pierres* Jerem.
de taille, felon l'expreffion du *Lamen.*
Prophete Jérémie, *le chemin* III. 9.
par lequel elle vouloit fuir dans
la folitude. Il ofa lui fufciter des
confeils trompeurs, qui fous
différens prétextes capables d'é-
blouir des yeux mêmes éclairés
par la lumiere célefte, ne ten-
doient qu'à lui faire prendre le
change, & quitter la route
fûre qui devoit la conduire au
port après un fi trifte naufrage.
On s'efforça de lui perfuader
qu'elle feroit beaucoup mieux
de demeurer dans le monde pour
l'édifier par fes exemples & par
fa charité. Ce motif pouvoit plus
qu'aucun autre affoiblir Madame de la Valliere, ou du
moins la faire chanceller. Il ne

D

ne lui fit cependant point illu-
sion. *Ce seroit à moi*, disoit-
elle, *une horrible présomption, de
me croire propre à aider le prochain.*

Prov.
17.
C'est *en vain*, dit encore la
sainte Écriture, que *l'on jette
le filet devant les yeux des ani-
maux qui ont des aîles.* Les combats & les obstacles que l'humble pénitente s'étoit d'abord
proposé d'éviter, en cachant
son dessein jusqu'au moment de
l'exécuter, ne servirent qu'à
rendre plus glorieux le triomphe de la grace, qui lui donna
la force de vaincre tous les efforts qui s'y opposoient, de soutenir généreusement cette résolution au milieu même de la
Cour, de souffrir que tout le
monde lui en parlât sans pouvoir réussir à l'ébranler, d'an-
noncer même le jour marqué

pour l'accomplir, de l'exécuter
publiquement malgré l'étonne-
ment des courtifans, les larmes
les plus touchantes & les plus
capables de l'attendri, renfin de
fouler tout aux pieds pour s'en-
fuir dans la folitude à travers
le fiécle même le plus enchanteur, & de le faire avec autant
de modeftie que de courage.

Cependant cet heureux mo-
ment fut encore retardé malgré
tout fon zèle. Tant de combats
fans abattre fon ame, firent fur
fon corps & fur fon tempérament des impreffions affez fen-
fibles pour la rendre encore
plus malade. Rien n'eft plus
touchant que la peinture qu'elle
fait de fes peines dans les Lettres du 11 Janvier & du 8 Février 1674, que les reproches
qu'elle fe fait en même temps
de fa foibleffe & de fa fenfibi-

lité : *elle eſt honteuſe d'elle-même,* dit-elle, *de ſe trouver encore capable d'être réduite à une pareille extrémité pour les perſécutions que le monde lui fait ;* mais elle proteſte en même temps que *malgré la ſenſibilité de la nature, ſon cœur n'a pas changé un ſeul moment, & qu'elle a toujours conſervé la même ardeur pour l'exécution de ſon projet.* On voit auſſi par les mêmes Lettres, qu'outre ce qu'elle avoit à ſouffrir de la part du monde & de ſes faux amis, ſes véritables amis même lui ſuſcitoient par des motifs bien différens, de nouveaux combats qui ne lui étoient pas moins pénibles. On ne peut s'empêcher d'être pénétré de la douceur, de la naïveté & de l'humilité avec leſquelles elle tâche de ſe juſtifier principalement auprès du Maréchal de,

Bellefond, de ſes retardemens involontaires, de le raſſurer ſur les allarmes qu'ils lui cauſoient, & de répondre aux reproches qu'il lui faiſoit de ſon peu de courage. Mais ſi l'on a ſujet d'admirer avec quelle confiance Madame de la Valliere expoſoit à un ſi religieux ami les combats intérieurs & extérieurs qu'elle avoit à ſoutenir, on ne peut s'empêcher de reconnoître d'une autre part, combien les avis & les remontrances du Maréchal lui étoient utiles.

La Lettre du 24 Mars ſuivant nous prépare enfin à un ſpectacle encore plus touchant. On y voit que les chaînes de l'humble Pénitente vont tomber tout-à-fait; que le filet eſt prêt à ſe rompre; que ſon ame va ſortir des mains des Oiſeleurs qui la retenoient captive, pour s'en-

voler inceſſamment dans la ſolitude après laquelle elle ſoupire
depuis ſi long - temps , enfin
qu'elle compte profiter du départ de la Cour , pour partir
elle-même, mais pour prendre
un chemin bien différent &
faire un voyage beaucoup plus
avantageux. Elle nous y apprend auſſi qu'elle perd cependant M. de Condom , qui , en
qualité de Précepteur de M. le
Dauphin, devoit ſuivre la Cour,
qu'elle avoit engagé ce Prélat,
qu'elle appelle *un homme admi-*
rable , à faire le Sermon de ſa
priſe d'habit , & que s'il n'eſt pas
de retour pour le temps qu'on
la jugera capable de faire ſa cérémonie de la vêture , elle a
deſſein de choiſir le P. Bourdaloue , dont les ſermons & les
entretiens l'ont beaucoup touchée. Nous y apprenons encore

que les plus grands perfonnages de ce temps, s'intéreffoient vivement aux graces fingulieres que Dieu lui faifoit, & au grand fpeƈtacle de pénitence qu'elle avoit le bonheur de donner au monde : & qu'entr'autres le célebre M. le Camus, Évêque de Grenoble, depuis Cardinal, preffoit avec un grand zèle & beaucoup de fermeté, la confommation du facrifice auquel elle fe difpofoit, & fans quoi il ne la regardoit que comme une *demi-Pénitente* : qualité qu'elle prenoit fouvent dans la fuite avec une humble complaifance, en y joignant ordinairement celle de *miférable péchereffe*.

Ce fut donc le 20 Avril 1674 que Madame de la Valliere, âgée pour lors de trente ans au plus, entra aux Carmelites

du Fauxbourg Saint-Jacques,
avec un courage si fort au-deffus des fentimens de la nature,
qu'elle paroiffoit avoir oublié
qu'elle eut un cœur pour tout ce
qu'elle abandonnoit de plus cher,
& particulierement pour Mademoifelle de Blois fa fille qu'elle
aimoit tendrement, ainfi que le
Comte de Vermandois fon fils.
Ce triomphe éclatant qu'elle
remportoit fur le monde & fur
elle-même, fut honoré de la
préfence & de la fuite d'une fi
grande multitude de perfonnes, que fon caroffe put à peine
fe faire paffage dans la Cour des
Carmelites, à travers la foule
qu'un événement fi extraordinaire avoit attirée de toute part.
Mais elle foutint tout ce fracas
avec une tranquillité, une gra-
vité & une conftance étonnante. On avoit effayé de l'effrayer
fur

fur fon entreprife, en lui difant qu'elle feroit bien étonnée, quand elle entendroit fermer fur elle les portes & les ferrures du Couvent. Il en fut tout autrement. Dieu qu'elle cherchoit uniquement, & qui la conduifoit comme par la main, ne lui fit fentir que de la joie de fe voir féparée pour toujours du fiécle & de toutes fes vanités. En entrant elle fe jetta aux genoux de la mere Claire du Saint Sacrement (de Jarnac), qui étoit alors Supérieure, en lui difant : *Ma Mere, j'ai toujours fait un fi mauvais ufage de ma volonté, que je viens la remettre entre vos mains pour ne la plus reprendre.*

On la conduifit, felon l'ufage, devant le Saint Sacrement, où elle s'offrit à Dieu comme une victime d'expiation pour fes

E

propres péchés, en s'uniffant de tout fon cœur à la victime de propitiation, dont les mérites feuls pouvoient couvrir & effacer fes iniquités. Pour ne pas différer à porter les marques de fa confécration toute volontaire à la pénitence, & d'un dévouement fans retour à la retraite ; dès le jour même de fon entrée dans le Cloître, elle fe fit couper les chèveux, & fuivit toutes les pratiques de la vie Religieufe avec autant de ferveur que de fidélité. Deux jours après, elle rendit compte à fon refpectable & pieux confident de fa parfaite délivrance, & le chargea pour M. de Grenoble des complimens *de la demi-Pénitente*.

Mais on vit bientôt qu'elle n'étoit telle à fes yeux, que parce que fon zèle étoit toujours au-deffus de fes forces; qu'elle

ne confultoit que la grandeur
& l'étendue des devoirs qu'elle
fe propofoit de remplir ; &
qu'il s'en falloit beaucoup qu'elle
fut de *ces cœurs demi-morts &*
demi-vivans, felon l'expreffion
de S. François de Salles, *qui*
ne font bons à rien. Elle *com-*
mença parfaitement, comme
l'ordonne S. Bernard. Le dé-
gout du monde & l'horreur de
tout ce qui pouvoit avoir quelque rapport à fes vanités la por-
terent à demander comme une
grace de fe couvrir de l'habit
de Religieufe, avant que de le
prendre en cérémonie. Elle y
fut bientôt accoutumée, ex-
cepté à la chauffure platte &
baffe, dont elle fentit & fup-
porta avec patience l'incommo-
dité jufqu'à la mort. Elle fe fit
fans peine à la nourriture, & ne
voulut pas fouffrir que dans les

commencemens même on lui accordât le moindre adouciffe- ment. L'ufage de la ferge, le coucher fur la dure, l'affiduité au travail fans autre interrup- tion que la lecture & la priere; un jeûne auftère, un filence ri- goureux, & l'efpérance de mou- rir avec lenteur par les fuppli- ces de la pénitence, devinrent les délices habituelles d'une per- fonne, qui avoit été plongée dans la molleffe, qui avoit goû- té toutes les douceurs de la vie, & qui avoit bu à longs traits la coupe empoifonnée de Babylo- ne. Le peu d'attention qu'elle témoigna pour fa perfonne, étonna jufqu'aux Religieufes mêmes, qui, toutes accoutu- mées qu'elles étoient à de pa- reils facrifices, ne pouvoient s'empêcher d'admirer une fi grande ferveur. Enfin elle dé-

clara même dès son entrée aux
Carmelites, que la seule peine
qui l'affligeoit maintenant, étoit
de ne pas trouver dans cet Ordre, tout austere qu'il est, la pénitence qu'elle y cherchoit.
Elle ne manqua jamais à aucun
des plus petits assujettissemens
des Novices, & aux usages qui
pouvoient lui être plus pénibles.
Comme elle étoit sujette à de
grands maux de tête, & qu'elle
n'en étoit pas moins exacte à tenir toujours ses yeux baissés, on
lui demanda un jour si cette at-
titude ne lui étoit pas incommo-
de : *point du tout*, répondit-elle
avec sa douceur ordinaire ; *cela
me les répose. Je suis si lasse de
voir les choses de la terre, que je
trouve même du plaisir à ne les pas
regarder.*

Une ferveur si uniforme dans
Madame de la Valliere, & l'em-

E iij

preſſement qu'elle témoigna pour prendre l'habit, firent abréger en ſa faveur le temps des premieres épreuves. Elle choiſit pour faire la cérémonie de ſa vêture le troiſiéme Dimanche après la Pentecôte, qui arrivoit cette année le 2 Juin, & dans lequel l'Egliſe propoſe à la piété des fidéles la parabole du Paſteur qui rapporte ſur ſes épaules la brebis égarée. Un ſpectacle ſi touchant attira dans l'Egliſe un concours prodigieux. Et la Ducheſſe qui prit pour lors le nom de *ſœur Louiſe de la Miſéricorde*, fit cette action avec une conſtance admirable & des ſentimens de pénitence & d'humilité qui ne pouvoient que remplir de joie l'Egliſe du ciel & de la terre. La victime, diſent nos mémoires, ne parut jamais plus aimable, qu'au moment qu'elle fut immolée.

M. Boſſuet qui n'étoit pas encore de retour du voyage qu'il avoit fait pour accompagner M. le Dauphin au ſiége de Dole que le Roi faiſoit en perſonne, ne put prononcer le ſermon de la vêture, ainſi que la Novice l'avoit deſiré. Le Pere Bourdaloue ſur qui on a vû qu'elle comptoit au défaut de l'ancien Évêque de Condom, ne prêcha pas non plus. Ce fut l'Abbé de Fromentieres, depuis Évêque d'Aire, qui fit le ſermon. Il s'en acquitta avec beaucoup de délicateſſe & d'onction : & ayant pris ſon texte dans l'Evangile de ce Dimanche qui convenoit ſi bien à ſon ſujet, il en fit les plus juſtes & les plus édifiantes applications. Il ſuivit la parabole du Paſteur qui va chercher la brebis égarée, la

E iv

rapporte fur fes épaules, & fe réjouit avec fes amis & fes voifins de l'avoir retrouvée : & chacune de ces circonftances fournit à l'Orateur chrétien des idées très-touchantes fur la force, la douceur & la fécondité de la grace.

/Auffi-tôt que la fœur Louife de la Miféricorde eut pris l'habit, on remarqua en elle un renouvellement fenfible de toutes les vertus Chrétiennes & Religieufes. Confumée d'un defir infatiable des humiliations & des fouffrances, les pénitences de la regle ne fuffifoient pas à fon zèle : mais l'obéiffance ne lui permettant pas de s'y livrer en liberté & de s'en rapporter à fon inclination, elle fe dédommagea par la *piété* intérieure qui *eft utile à tous*, de ce qu'elle ne pouvoit pas pratiquer d'*exercices*

extérieurs, qui ne fervent quelquefois qu'à mortifier le corps,
fans facrifier le cœur & les affections fpirituelles. Elle prit pour
modéle la pécherefſe pénitente
de l'Evangile. Elle pleuroit
comme elle aux pieds de Jefus-
Chrift fon Sauveur, & s'immo-
loit fans cefſe à fes yeux par un
tendre & vif regret de ne l'a-
voir pas toujours aimé, & de ne
le pas encore aimer afſez. On la
trouvoit fouvent dans des lieux
retirés profternée contre terre
& toute baignée de larmes. La
vue de fes péchés la tenoit dans
un abaifſement continuel fans la
décourager. Les difpofitions les
plus intimes de fon ame fur ce
point font peintes avec une naïveté fi admirable dans prefque
toutes les Lettres que nous publions, que nous ne pouvons
qu'y renvoyer les Lecteurs, com-

me à des tableaux vraiment originaux, plus capables de la faire connoître que tout ce que l'on en pourroit dire.

L'idée que la sœur Louise de la Miséricorde avoit de sa baffesse & de son indignité, la porta à demander comme une grace qu'on lui fit faire profession en qualité de Sœur converse. La mere de Bellefond qui étoit alors Supérieure, l'ayant assurée que ce n'étoit pas sa vocation, l'humble Novice pleine de confiance & de respect pour elle, se rendit à ses lumieres avec simplicité. Mais cette sage Supérieure, qui de son côté respectoit la ferveur de la Novice & l'esprit de grace dont elle la voyoit animée, lui permit d'aider les Sœurs converses dans le travail le plus pénible de la maison : ce qu'elle n'a discontinué, que quand les forces lui ont manqué.

Le temps de fon noviciat étant achevé, la fœur Louife de la Miféricorde vit arriver le jour de fa Profeffion avec d'autant plus de joie, que jufques-là elle ne fe regardoit pas comme engagée au fervice de Dieu & unie à lui auffi étroitement & auffi irrévocablement qu'elle le defiroit. Elle fit Profeffion le 3 Juin, Lundi de la Pentecôte, & prononça fes vœux felon la coutume au Chapitre : le lendemain Mardi elle prit le voile noir en public, & eut l'honneur de le recevoir de la main même de la Reine, qui voulut prendre part avec les Princeffes à une cérémonie fi digne de fa piété. La fœur Louife de la Miféricorde eut auffi le bonheur & la confolation d'entendre à fa

Profeſſion le Prédicateur qu'elle
avoit deſiré d'avoir à ſa Priſe
d'Habit. M. Boſſuet y fit l'éloquent & pathetique diſcours qui
a été depuis imprimé tant de
fois, qui fit une vive impreſſion
ſur toute l'aſſemblée, & qu'on
ne peut lire encore ſans être
frappé de la délicateſſe avec laquelle le Prélat en donnant à la
Religieuſe des leçons très-per-
ſonnelles, annonçoit à tout
ſon auditoire les plus ſublimes
& les plus importantes vérités.
La ſœur Louiſe de la Miſéricorde étoit dans la tribune des
Religieuſes à côté de la Reine,
qui lui donna le voile après le
ſermon ſous les yeux de M. l'Ar-
chevêque de Paris. Cette cérémonie attira encore un plus
grand concours que celle de la
vêture ; chacun fut touché de
ce ſpectacle. Les courtiſans &

le Dames de la Cour fondoient
en larmes. Madame la Duchesse
de Longueville sur-tout qui étoit
elle-même une de ces merveilles de la grace qui ont illustré le
regne si mémorable de Louis
XIV, par des prodiges éclatans
de pénitence & de piété, fut pénétrée vivement à la vûe de
cette victime qui se consacroit
avec tant de courage à la pénitence : plus grande aux yeux
du Chrétien & du Roi même
sous le cilice & dans l'humiliation des plus rudes travaux,
que quand assise à côté du trô-
ne, elle sembloit regner sur un
peuple de flatteurs, qui man-
dioient humblement sa bien-
veillance & sa protection.

La sœur Louise de la Miséricorde enfin parvenue au terme
de ses désirs, en se félicitant
d'être véritablement à Dieu pour

jamais, comme elle le marque au Maréchal dans une Lettre du 24 Juin, *& liée à son service par les vœux de Religion, & plus encore*, dit-elle, *par la grace qui me les a fait faire*, se promettoit de la même grace d'être fidéle à sa vocation, & de ne plus vivre qu'en Jesus - Christ seul. On verra par la suite de ses Lettres, que bien loin de se départir jamais de cette résolution, non-seulement elle fit des progrès continuels dans la pratique des vertus qui crucifient la nature, & dans un détachement universel des objets sensibles, mais que Dieu la dédommageoit sur-abondamment par des consolations ineffables de tout ce qu'il lui avoit donné le courage de sacrifier pour son amour. Mais nous ne devons pas de notre part manquer d'expoſer les faits particuliers que nous fourniſſent les mémoires qui ſont entre nos mains, & dont quelques-uns ne ſeroient pas croyables, ſi on ne ſçavoit que ſelon l'expreſſion de l'Ecriture, *l'amour eſt fort comme la* **Cant.** *mort,* que *la jalouſie de la* divine **viij.6,** *charité eſt dure & inflexible comme l'enfer,* que les cœurs qui ont le bonheur d'en être embra-*ſés ſont des lampes toutes de feu & de flammes que les plus violens torrens* de la cupidité & des affections humaines *ne peuvent éteindre:* en voici une preuve bien ſenſible dans la conduite de notre illuſtre Pénitente.

La pieuſe Reine, Marie-Thereſe d'Autriche, qui ne la puniſſoit des chagrins que ſa conduite précédente lui avoit cauſés, qu'en lui témoignant une affection ſinguliere depuis

fa converſion, & en s'édifiant
avec elle, voulut un jour procurer au Marquis de la Valliere la
conſolation de voir ſa ſœur dans
un état ſi différent de celui où il
l'avoit vue auparavant ; & afin
qu'il put l'accompagner dans
l'intérieur du monaſtère , elle
lui fit l'honneur de lui donner la
main. Mais la ſœur Louiſe de la
Miſéricorde inſtruite de ce qui
ſe paſſoit & du deſſein de la Reine, foulant aux pieds tous les
reſpects humains & tous les ſentimens de la nature, accourut
à la porte de la clôture ; & re-
préſenta à Sa Majeſté avec tant
de force & de reſpect tout à la
fois le privilége que les Reines
avoient toujours accordé aux
Carmelites du grand Couvent,
de n'y pas introduire d'hommes, quand elles vouloient ho-
norer la Communauté de leur

préfence, que cette religieufe Princeffe céda elle-même à un zéle d'autant plus digne d'admiration, que la tendreffe de la fœur Louife de la Miféricorde pour M. fon frere ne pouvoit manquer de fouffrir beaucoup dans cette occafion.

Elle fit cependant quelque chofe de plus héroïque peut-être encore dans une autre circonftance. Madame la Ducheffe d'Orléans venant auffi lui rendre vifite, donna la main au jeune Comte de Vermandois, afin qu'il eut le plaifir de voir & d'embraffer fa mere, fe perfuadant que celle-ci ne feroit pas difficulté de laiffer entrer un enfant qui n'avoit que fept à huit ans, & que la fenfibilité même de la mere la rendroit plus traitable. Mais ni les vives inftances de la Ducheffe, ni les

F

larmes touchantes de l'enfant ne purent vaincre la fermeté de la Religieuse : elle demeura inflexible. Et Madame ne pouvant rien obtenir, fut si touchée tant de la douleur de l'enfant qui fondoit en pleurs, que de la constance d'une mere si détachée d'elle-même, qu'elle s'attendrit & ne put retenir ses larmes.

Ce qu'il y a de plus admirable dans ces événemens, c'est que la fermeté de la sœur Louise de la Miséricorde ne procédoit pas uniquement de son respect pour la clôture, & de sa fidélité aux saintes regles de l'Eglise, qui sont aujourd'hui si mal observées : ces généreux sentimens avoient des racines encore plus profondes, parce qu'ils étoient la suite & l'effet du sacrifice plein & entier qu'elle avoit fait, en quittant le monde, de tout ce qui pouvoit l'y attacher le plus légitime-ment. Elle avoit même pris la résolution de se priver pour tou-jours du plaisir de voir le Comte de Vermandois & Mademoi-selle de Blois sa sœur. Mais le Roi s'étant formellement & ab-solument opposé à ce dessein, la sœur Louise de la Miséricor-de ne put qu'offrir à Dieu sur ce point la préparation de son cœur & la volonté de tout im-moler à la pénitence. Et Dieu ne différa d'accepter ce sacrifice dans toute l'intégrité & l'éten-due qu'elle vouloit lui donner, que parce qu'il devoit dans la suite en exiger d'elle de plus sen-sibles.

En effet, quelques années après sa Profession elle perdit son frere qu'elle aimoit tendre-

ment. Mais apprenant cette
trifte nouvelle, elle fe foumit
aux ordres de Dieu avec une fi
paifible réfignation, qu'elle ne
donna même aucune marque
de fa douleur, quelque vive
qu'elle put être dans un cœur
auffi fenfible. Elle fit dans la
fuite une autre perte, dont les
perfonnes mêmes les plus affu-
rées de la folidité de fa vertu,
craignirent qu'elle ne fut accablée. On lui écrivit en 1683 que
le Comte de Vermandois étoit
malade ; mais on lui donnoit en
même-temps l'efpérance d'une
prompte guérifon. Dieu en dif-
pofa autrement, & les premieres nouvelles qui fuivirent furent celles de la mort. La mere
de Bellefond, Supérieure, qui
penfoit avec beaucoup d'inquiétude comment elle l'annonce-
roit à cette tendre mere, la

de Conty, qui avoit épousé
Mademoiselle de Blois sa fille.

On peut bien juger qu'une
Pénitente si sévere à son cœur,
n'étoit pas plus indulgente pour
son corps, & qu'il ne lui paroif-
soit plus propre à aucun usage,
qu'à être mortifié & crucifié en
toute maniere. La vie dure des
Carmelites ne suffisoit pas, comme on a déja vu, à son zéle pour
la pénitence. Dès qu'elle fut
Professe, elle livra encore une
nouvelle guerre à tous ses sens.
Toujours occupée du desir de
satisfaire à la justice divine pour
ses péchés, toujours animée d'u-
ne sainte haine d'elle-même, &
d'une juste colere de l'abus
qu'elle avoit fait des dons de
Dieu en s'en servant pour l'offenser, on eut dit qu'elle vouloit
détruire entierement ce corps
de péché pour le punir d'avoir

servi d'instrument à ses passions.
Elle demandoit sans cesse la per-
mission de jeûner au pain & à
l'eau, & de se servir de toutes les
macerations capables de faire
souffrir une chair criminelle. La
mere de Bellefond se rendoit
souvent aux desirs de la Pénitente: mais quand elle étoit refusée,
vous m'épargnez, ma Mere, disoit-elle; *mais Dieu y suppléera.*
Elle n'attendoit pas néanmoins
tellement que Dieu la purifiât
par les souffrances, les maladies
& les autres accidens qui sont
entre les mains de sa Providence, qu'elle ne profitât elle-même avec fidélité de tous les
moyens de crucifier ses sens;
comme si elle eût voulu s'en
rendre tout-à-fait indépendan-
te, en les accoutumant à se priver de tout.

Quoique la sœur Louise de la
Miséricorde

Miféricorde fit peu de cas d'une mortification purement extérieure, qui auroit laiffé l'ame impunie, en vengeant fur la chair, toujours moins coupable, des fautes que le cœur ne détefteroit pas affez, ou ne répareroit pas par un ardent amour : l'efprit de pénitence dont elle étoit continuellement animée, lui donnoit une induftrie merveilleufe pour fe procurer des fouffrances & des privations qu'elle ménageoit avec foin, fans rien perdre de ce qui pouvoit groffir fon tréfor : fe réjouiffant ainfi de pouvoir faire périr par une torture continuelle des ennemis qu'elle ne pouvoit exécuter tout d'un coup. Enfin en la fuivant de près dans toute fa conduite, on eut dit, que la fœur Louife de la Miféricorde ne mettoit pas

G

plus de bornes aux devoirs extérieurs, fur-tout de la mortification, qu'aux vertus intérieures qui n'en ont point. Mais ce
qui eſt encore plus admirable,
elle n'étoit ni occupée ni remplie de ſes pénitences & des auſ-
térités, elle y étoit appliquée
comme par un inſtinct ſupé-
rieur, qui la dirigeoit ſans la diſ-
traire, ni l'amuſer, ni l'aſſervir.
Elle auroit cru au contraire retomber dans ce qu'elle vouloit
éviter, ſi pour réduire ſon corps
en ſervitude, elle eut perdu la
liberté de l'eſprit & du cœur,
qui eſt le véritable caractere
des enfans de Dieu : voulant
toujours dominer ſes ſens ;
mais ne voulant pas que cette
domination même l'importunât
par une contrainte, une gêne,
une étude, qui la rendît trop dé-
pendante de ces ſortes de pratiques.

Il est aisé de concevoir qu'a-
vec de pareilles dispositions,
elle eut toujours pour son corps,
pour sa santé & pour tout ce
qui la regardoit personnelle-
ment une indifférence, qui tenoit véritablement de cette *dureté*, qu'elle avoit déclaré dans
une de ses Lettres vouloir conserver pour elle-même. Elle se
levoit tous les jours deux heures
avant la Communauté, & pas-
soit ce temps à prier devant le
S. Sacrement, & à joindre en secret ses larmes au sang de son
Sauveur, sans que les plus rudes
hivers lui fissent rien relâcher
d'une pratique si pénible. Elle
enduroit le froid jusques là
qu'on l'a souvent trouvée saisie
& évanouie, soit dans l'Eglise,
soit dans les greniers où elle
étendoit le linge. Encore plus
avide de souffrances, que les

C ij

chrétiens lâches ne font atten-
tifs à les éviter & à fe procurer
même toute forte de commodi-
tés , la fœur Louife de la Miféricorde accueilloit, pour ainfi
dire, les maladies & les douleurs
avec un calme, une tranquillité
& une fatisfaction qui tenoit du
prodige. Une éréfipelle violente qui s'étoit jettée fur fa
jambe l'incommodoit beaucoup
fans qu'elle en voulut rien dire :
mais le mal étant devenu fi confidérable qu'on s'en apperçut
enfin, & qu'on l'obligea d'aller à
l'infirmerie , elle n'eut pas d'autres réponfes aux reproches que
la Mere crut devoir lui faire de
cette efpece d'excès , finon
celle-ci : *Je ne fçavois ce que c'é-*
toit : je n'y avois pas regardé. Son
cœur toujours preffé d'un defir
ardent de fatisfaire , autant qu'il
étoit en fon pouvoir , à la juftice

divine, & de punir tous les défordres par lefquels elle avoit
eu le malheur de l'offenfer, lui
en rappelloit fans ceffe le fouvenir avec une profonde amertume, & lui faifoit faifir toutes les
occafions qui pouvoient fecon-
der fon zèle pour la pénitence.

Un jour donc de Vendredi
Saint qu'elle étoit au réfeétoi-
re, elle fe reffouvint que dans le
temps qu'elle étoit à la Cour,
elle fe trouva dans une partie de
chaffe preffée d'une fi grande
foif qu'elle n'en pouvoit plus;
& qu'elle fe fit apporter des ra-
fraîchiffemens & des liqueurs
délicieufes, dont elle but avec
beaucoup de plaifir & de fen-
fualité. Ce fouvenir joint à la
penfée de la foif que Jefus-
Chrift avoit bien voulu éprou-
ver à la croix, & du fiel & du

G iij

vinaigre, qu'on lui avoit préfen-
tés pour tout foulagement, la
pénétra d'un fi vif fentiment de
componction, qu'elle forma
dans le moment l'étonnante réfolution de ne plus boire du tout.
Elle a affuré depuis qu'elle ne fit
pour lors aucune réflexion fur la
néceffité de l'obéiffance pour
une telle mortification, &
qu'elle n'étoit occupée que de
l'intention d'expier fes péchés,
qui lui fit croire qu'il lui étoit
permis de faire tout ce qu'elle
pourroit pour punir cette intem-
pérance. Dans cette perfuafion
la fœur Louife de la Miféricorde fut plus de trois femaines
fans boire une goutte d'eau, &
trois ans entiers à n'en boire par
jour qu'un demi-verre. Cette
rude pénitence dont la Providence permit qu'on ne s'apperçut pas, la fit à la fin tomber

malade : & depuis ce temps elle
eut des maux d'eſtomach trés-
violens, qui la réduiſirent quelquefois à des foibleſſes extrê-
mes.

Tout cela étoit un gain pour
elle : ce n'étoit qu'avec un ſurcroit de joie qu'elle voyoit preſque de jour en jour ſon corps
ſe détruire peu-à-peu , & toute
ſorte de maux s'accroître & ſe
multiplier pour la faire ſouffrir
en différentes manieres. A des
douleurs de tête continuelles
ſe joignirent des rhumatiſmes
violens, & une cruelle ſciatique
dont les accès habituels lui dé-
boëterent la hanche. Mais dans
un état ſi pénible elle ne ceſ-
ſoit pas de ſe trouver la premiere aux exercices & aux travaux de la Communauté, &
d'aſſiſter exactement aux Offi-
ces du Chœur.

G iv

Une vertu si éclatante & si uniforme ne pouvoit manquer de devenir célebre, pour ainsi dire, dans tout le monde. Aussi les personnes les plus distinguées dans tous les états avoient un vif & religieux empressement de voir de leurs yeux cet admirable chef-d'œuvre de la grace, & d'être témoins de l'onction & de la joie que cette généreuse Pénitente goutoit dans son désert. Les Nonces qui sont venus en France lui ont donné des témoignages singuliers d'estime & de vénération. Les Cardinaux, Archevêques & Évêques vouloient connoître par eux-mêmes un si grand prodige. On rapporte même que l'Ambassadeur de Venise ne souhaitoit, disoit-il, de lui survivre, que pour aller à Rome solliciter en personne la canonisation d'une

fi excellente Religieufe. La
fœur Louife de la Miféricorde
eut auffi l'avantage de recevoir
la vifite du célebre Abbé de
Rancé dans un voyage qu'il fut
obligé de faire à Paris. Cet illuftre Réformateur de la Trappe, tout accoutumé qu'il étoit
à ces fortes de miracles, par la
bénédiction que Dieu avoit
donné à fa reforme & au gouver-
nement de fon Abbaye, & qui
étoit lui-même une des merveilles de fon fiécle, ne pût voir fans
admiration les œuvres de la
grace dans la fœur Louife de la
Miféricorde. Celle-ci de fon
côté ne fit d'autre ufage de cette
marque de diftinction que lui
donna le célebre Abbé, que
pour s'édifier de fes difcours &
fe confondre encore davantage
à fes yeux par la comparaifon qu'elle fit des fentimens du

Religieux de la Trappe avec la Religieuse Carmelite , comme on voit dans une des Lettres de notre recueil , où elle rend compte au Maréchal de Belle-fond de cette visite.

En consultant les maximes de l'Evangile , & l'esprit du Christianisme , on peut facilement juger qu'un édifice élevé si haut , & qui s'est soutenu avec tant de solidité , étoit bâti sur un bon fondement. Il falloit , selon l'expression de Jesus-Christ , que la sœur Louise de la Miséricorde eut *creusé bien avant dans la terre ;* c'est-à-dire , qu'une si grande vertu ne pouvoit être établie , que sur une profonde humilité. C'étoit , en effet , la disposition habituelle de notre sainte Pénitente. Au milieu de tous ces applaudisse-mens , elle ne perdoit pas le sentiment de sa bassesse & de son indignité. Elle ne parloit d'elle-même, que pour relever la magnificence des miséricordes de Dieu à son égard, & les richesses de sa grace toute-puissante. C'est ce qui formoit en elle, deux dispositions qui paroissoient se contredire mutuellement ; mais que la charité & la reconnoissance sçavoient parfaitement bien concilier. Toujours anéantie à ses propres yeux, la sœur Louise de la Miséricorde auroit voulu être entierement morte à la terre, toute cachée en Dieu avec Jesus-Christ, tout-à-fait ensevelie dans l'oubli & le mépris de toutes les créatures. Aussi le parloir lui devenoit de jour en jour plus insupportable. On ne lui voyoit l'air peiné, que quand il s'agissoit d'y aller : & l'obéissance

ſeule pouvoit l'y déterminer!
Cependant elle ſe faiſoit un devoir de ne pas trop s'y refuſer ;
parce que, comme elle le marque dans une lettre au Maréchal, elle ſe *croyoit obligée de
publier à toute la terre les miſéri-
cordes infinies du Seigneur, qu'elle
éprouvoit*, dit-elle, *ſenſiblement* :
& quoiqu'elle craignit auſſi de
négliger le dedans, en ſe répandant ſi aiſément au - dehors ,
je ne laiſſe pas, dit-elle, *de m'a-
bandonner au plaiſir d'exalter la
bonté infinie du ſouverain Maître
que je ſers*.

La ſœur Louiſe de la Miſéricorde ſçavoit bien d'ailleurs ſe
dédommager de ce que ſon ré-
cueillement & ſa pénitence pouvoient ſouffrir de ces communi-
cations extérieures , par le pro-
fit que ſa charité pour les pauvres, ſçavoit en tirer. Comme

c'étoit en elle un caractère naturel d'être sensible & compatissante, la pauvreté volontaire
qu'elle avoit choisie pour son
partage, ne lui avoit pas fait
perdre la tendre affection qu'elle
avoit pour les misérables & les
indigens. Ainsi le desir de les
soulager en la seule maniere
qu'elle le pouvoit, l'emportoit
sans peine sur la répugnance
qu'elle avoit à se produire. Elle
ne craignoit pas même de se
rendre pressante & importune
à ses amis, pour procurer du secours aux membres souffrans de
Jesus-Christ : & s'étant mise
par les vœux de religion hors
d'état de les servir par ses propres libéralités, elle a quelquefois obtenu des aumônes très-
considérables des Princes &
Princesses, & autres personnes
de considération qui venoient

la vifiter, & avec qui elle en-
tretenoit quelque liaifon. Elle
étoit encore plus libre avec
Madame la Princeffe de Conty,
fa fille : auffi employoit - elle
avec plaifir, le crédit qu'elle
pouvoit avoir fur fon efprit &
fur fon cœur, pour l'engager à
fe faire des amis qui la reçuffent
dans les tabernacles éternels.

Cependant la haine du monde, le mépris d'elle-même, le
détachement des chofes de la
terre, le defir de ne s'occuper
que de Dieu feul, & de n'être
connue que de lui, croiffant de
jour en jour dans le cœur de la
fœur Louife de la Miféricorde,
elle demanda à être envoyée
dans un des Couvens de l'Ordre
les plus pauvres & les plus éloi-
gnés, où elle put s'enfermer
tout-à-fait dans le tombeau de
Jefus-Chrift, jufqu'à ce qu'il

lui plut de l'appeller à la gloire célefte. Mais la Communauté dont elle étoit l'édification, & pour qui fa conduite
journaliere étoit une leçon vivante de toutes les vertus Chrétiennes & Religieufes, ne voulut pas confentir à l'éloignement d'une perfonne qui lui étoit
fi chere & fi utile. Dieu qui fe
contenta encore en cette occafion de la difpofition de fon
cœur, l'en récompenfa par de
nouveaux dons. Enfin le monde
pour qui elle étoit un figne &
un prodige dont il n'étoit pas
digne, refpecta dans la fuite le
gout de la fœur Louife de la
Miféricorde pour la folitude ;
ou la négligea davantage : &
quelques années avant fa mort,
elle fut beaucoup moins vifitée.

Tout fert au bien des Elus,
même les péchés, dit faint Au-

guſtin. C'eſt ce qu'on a eu lieu de remarquer juſqu'à préſent, dans la conduite de la ſœur Louiſe de la Miſéricorde. La grace lui fit faire un fidéle uſage & de ſes chûtes profondes, & de tous les moyens que Dieu lui donna pour les réparer. Elle gagna beaucoup pour le Ciel dans le commerce qu'elle fut obligée, quoique Religieuſe, d'entretenir avec le monde : elle ne gagna pas moins dans l'eſ-pece de treve que le monde lui accorda. Ce lui fut une nouvelle facilité pour travailler avec moins de diſtraction à la con-ſommation de l'œuvre que Dieu lui avoit donné à faire. Ses Su-périeures eurent égard tout à la fois, & au dépériſſement de ſes forces corporelles, & aux pro-grès que cette ſainte Pénitente faiſoit dans la vie ſpirituelle. Le

reſpect

refpeʤ & le tendre amour qu'elle avoit pour les myfteres que Jefus-Chrift a accompli dans fon adorable humanité, & pour l'augufte Sacrement de l'Euchariftie qui les contient tous, firent qu'on lui confiât le foin de l'Oratoire. Cet office, fi conforme à fa piété, devint auffi pour la fœur Louife de la Miféricorde, un nouveau motif de purifier de plus en plus fon propre cœur, pour fervir de demeure à Jefus-Chrift, en même-temps qu'elle s'occupoit à orner avec toute la décence convenable, le Tabernacle facré où il vouloit bien demeurer avec fes époufes. Elle trouva dans ce faint emploi, le moyen & l'occafion de fatisfaire encore davantage fon ardeur pour la priere, & d'étudier continuellement le modele de toutes les

H

vertus que Jefus-Chrift donne
aux fidéles dans le faint Sacrement : fur-tout cet efprit de facrifice, d'adoration & d'amour,
où il eft à l'égard de fon Pere ;
cette bonté , cette douceur ,
cette patience avec lefquelles il
habite avec les hommes , fans
fe laffer de leurs froideurs , de
leurs irrévérences , de leur ingratitude , & de tous leurs autres défauts ; ce filence , cette
obéiffance , ce détachement de
tout , cette vie cachée en Dieu,
cet état de mort , où il demeure
perfévéramment , fans laiffer
rien paroître au-dehors de fa
grandeur , de fa majefté , & de
fa puiffance divine.

Ces grands objets étoient
pour la fœur Louife de la Miféricorde , des fujets d'une méditation continuelle , & d'un entretien délicieux avec fon ado-

rable Epoux. Ces fentimens lui faifoient recueillir des fruits admirables de la fainte Communion, à laquelle elle fe difpofoit toujours avec une grande pureté de cœur, des prieres longues & ferventes, & des larmes abondantes. Des extraits d'élévations à Dieu fur la Communion, qu'on a confervés écrits de fa main, montrent combien l'onction du faint Efprit l'avoit inftruite fur l'augufte myftere du facrement & du facrifice de l'Euchariftie. C'étoit auffi dans cette fource d'amour qu'elle avoit puifé cette charité vraiment Catholique, qui n'étoit pas refferrée dans le fentiment de fes propres befoins, quelqu'immenfes qu'ils fuffent aux yeux de fa foi & de fon humilité, mais qui la rendoit fenfible à tous les befoins publics & parti-

culiers de l'Eglise & de l'Etat,
&c. disposition si peu com-
mune parmi les fidéles, & même
dans les personnes particulierement consacrées à Dieu, ou qui
font profession d'une piété plus
fervente ; lesquelles cependant
se font quelquefois une espece
de mérite & de regle bien mal
entendue, de reserver pour elles
seules, toute l'activité de leurs
desirs, & de ne s'intéresser presque point aux biens & aux maux
du reste de la société chrétienne. La sœur Louise de la
Miséricorde avoit des vues bien
plus étendues, & des sentimens
beaucoup plus généreux , &
vraiment dignes de l'esprit du
Christianisme. Elle auroit cru
s'excommunier elle-même, aux
yeux de Dieu, de la société des
fidéles & de la Communion de
l'Eglise, si elle ne s'étoit rendue

fenfible à tout ce qui intéreffe le corps myftique de Jefus-Chrift, & chacun des membres qui le compofent. C'étoit pour elle des fujets intariffables de prieres & de gémiffemens ; & l'on ne doit pas s'étonner que les journées prefque entieres & une grande partie des nuits ne puffent lui fuffire, pour expofer à Dieu la multiplicité & l'étendue de fes vœux.

Nous ne pouvons finir le tableau de la conduite de la fœur Louife de la Miféricorde depuis fa converfion & fa retraite, fans y faire remarquer une qualité, laquelle a fingulierement fait l'admiration des perfonnes qui ont eu le bonheur d'être témoins de fa pénitence : qualité qui eft repréfentée fi naïvement dans les Lettres que nous publions, dont on a vu des traits bien frappans dans notre récit, mais qu'il est juste de réunir sous un seul point de vue, pour en mieux comprendre l'excellence & le prix. C'est cette uniformité de sentimens & de dispositions, qu'il est si rare de trouver dans ceux même qui font une profession plus éclatante de piété, & qui cependant est le plus grand caractere d'une vertu solide, formée sur l'Evangile & sur l'exemple de Jesus-Christ. Rien n'est plus édifiant que de voir la sœur Louise de la Miséricorde entrer & marcher toujours d'un pas égal dans les voies de la justice, sans le moindre regret ou le plus léger retour vers le monde enchanteur qu'elle avoit quitté, sans aucun ennui, sans aucun dégoût de la vie qu'elle avoit embrassée, si différente néanmoins de celle où elle

avoit passé une partie de sa jeu-
nesse.

Toujours animée, dirigée &
soutenue par un amour recon-
noissant pour son Dieu qui l'a-
voit tirée du milieu de Babylone; elle ne fut plus occupée
qu'à réparer ses infidélités pas-
sées, qu'à purifier son esprit &
son cœur de toutes les images
qui auroient pû lui en rester,
qu'à remplir l'horrible vuide &
la faim cruelle qu'elle avoit
éprouvés dans la société de
l'Enfant prodigue; & à réunir
en Dieu toutes les puissances &
les affections de son ame. On
n'apperçût pas en elle ces combats, ces efforts, ces inégalités
même, qui font si ordinaires
aux personnes qui sortent du
grand monde, après avoir été
tyrannisées par de violentes passions. Dès qu'elle eût pris sur

elle le joug du Seigneur, elle n'en fentit plus que la douceur. Le fardeau de Jefus-Chrift, bien loin de lui paroître lourd & pefant, la foulagea & fit le repos de fon ame : parce que c'étoit l'amour qui le lui faifoit porter ; ou plutôt parce qu'il n'étoit pour elle que l'amour même d'un Dieu qui avoit bien voulu la prendre pour époufe, tout indigne qu'elle fut de fes regards & de fes bontés, & l'amour réciproque dont elle bruloit pour ce Dieu riche en miféricordes.

Chaque jour, chaque heure, pour ainfi dire, la retrouvoit conftamment établie dans les mêmes vues & les mêmes fentimens, exacte aux mêmes exercices, toujours femblable à elle-même. Rien ne troubloit ou altéroit la paix intérieure dont elle jouiffoit

jouiſſoit dans la ſolitude , où
Dieu parloit à ſon cœur. Les
plus ſenſibles évenemens ne furent pour elle que la matiere
qui devoit nourrir ſans ceſſe le
ſacrifice qu'elle avoit fait à Dieu
ſans retour & ſans réſerve, de
tout ce qui n'étoit pas lui : &
ces afflictions n'étant pas capables de lui enlever l'unique tré-
ſor qu'elle vouloit poſſéder dans
le ciel & ſur la terre, n'étoient
pas capables non plus de lui faire
perdre pour un ſeul moment les
délices de la préſence de Dieu ,
& de l'heureuſe eſpérance d'ê-
tre à lui pour l'éternité. Docile
aux impreſſions de l'Eſprit
ſaint, ſoit qu'il la conſolât par
des douceurs ſenſibles , ſoit
qu'il ſemblât s'éloigner en la
laiſſant à l'aridité de ſon propre
cœur; elle adoroit humblement
les deſſeins de la Sageſſe éternel.

I

le, s'enveloppoit dans son propre néant, demeuroit fidéle à ses devoirs, & ne cessoit pas d'aimer.

Enfin l'onction de la divine charité avoit tellement pénétré toutes les facultés de son ame pour les soumettre à son empire, qu'il sembloit que la sœur Louise de la Miséricorde eût perdu tout amour-propre & toute la vie du vieil homme. La nature même paroissoit entierement morte en elle. Simple, unie, modeste paisible, on la voyoit toujours libre & contente, gaie sans dissipation, triste sans abattement, sérieuse sans humeur, silencieuse sans mélancolie, recueillie sans affectation, ouverte sans légereté, active sans précipitation, tranquille sans engourdissement, tendre & compatissante sans mollesse,

douce & complaifante fans baffeffe, foumife & obéiffante fans
contrainte. En un mot on l'eût
crue tout-à-fait exempte de ces
mouvemens fubits & imprevus
des paffions humaines, qui fe
réveillent quelquefois tout à
coup, & s'éteignent de même :
tant elle étoit promte à rentrer
dans l'ordre, fans qu'on eût le
loifir d'appercevoir fes écarts.

Cependant l'idée fublime
qu'elle avoit de fa vocation,
comme Chrétienne, comme
Religieufe, comme Pénitente,
ne lui laiffant voir en elle que
des infidélités & des imperfections, elle ne fe confoloit d'être
encore fi éloignée du terme de
la perfection où elle tendoit,
que par la gêne où elle mettoit la nature corrompue,
& par l'infatigable affiduité
avec laquelle elle s'appliquoit à

régler ſes mouvemens, à préve-
nir ſes révoltes & à punir ſes
déſobéiſſances.

Que pouvoit-il manquer à des
jours ſi bien remplis, que la
grace d'une ſainte mort ? La
ſœur Louiſe de la Miſéricorde
n'attendoit plus d'autre repos
après tous les travaux de la pénitence qu'elle avoit ſubis avec un
zèle ſi fervent & ſi perſéverant,
Dieu qui vouloit couronner en
elle ſes propres dons, en cou-
ronnant les mérites abondans
qu'il lui avoit fait acquérir pendant plus de trente-cinq années
de retraite & de larmes, la pré-
paroit à ſon dernier ſacrifice par
un ſurcroit d'infirmités, auxquelles on s'appercevoit bien
qu'elle ne vouloit pas ſurvivre
encore long-temps. Quoiqu'on
n'entendit jamais ſortir de ſa
bouche aucune plainte, on ne

pouvoit fe diffimuler ce qu'elle
fouffroit en filence; & la crainte
de la perdre faifoit qu'on la preffoit de fe donner au moins quelque relâche : mais elle répon-
doit qu'il ne devoit pas y avoir
de repos pour elle fur la terre,
& qu'elle n'en pouvoit trop faire
pour avoir une jufte confiance
de fe repofer éternellement
dans le fein de Dieu. Le defir
de fa parfaite délivrance, & l'efpérance de fe réunir au Dieu
de fon cœur, étoit tout fon fou-
tien dans l'état d'affoibliffement
qui la conduifoit au terme de fa
courfe. Les dix jours d'entre
l'Afcenfion & la Pentecôte, qui
font dans l'ordre des Carmelites
des jours privilégiés de retraite,
furent pour la fœur Louife de
la Miféricorde le temps d'une
ferveur extraordinaire. Elle les
paffa la derniere année dans de

I iij

fi vifs fentimens de pénitence &
de piété, qu'on vit bien qu'elle
touchoit à fes derniers momens,
que c'étoit une victime qui
avoit déja reçû l'afperfion pour
être facrifiée , & que l'heure de
fa derniere diffolution étoit ar-
rivée.

Le 4 de Juin , furveille de fa
mort , une fœur qui la trouva
extrêmement abattue , ne pût
s'empêcher de lui témoigner fa
peine de la voir en cet état.
Mais la fainte Pénitente levant
les yeux & les mains au Ciel ne
répondit que par cette parole du
Pfeaume XXII. *Virga tua & ba-*
culus tuus ipfa me confolata funt.
Votre verge , Seigneur , & votre
baton m'ont remplie de confola-
tion. L'on fentoit bien qu'elle
étoit toute occupée dans le fond
de fon cœur des fentimens de
reconnoiffance & d'amour que

ce Pseaume exprime, & qu'elle n'attendoit plus d'autre joie que celle d'entrer pour toujours dans la maison éternelle de Dieu. Le lendemain elle ne laissa pas de se lever à trois heures du matin pour continuer ses exercices ordinaires de piété : mais les forces lui manquant, elle ne pût aller jusqu'au chœur. Une sœur converse la rencontra ne pouvant se soutenir ni presque parler. On alla sur le champ avertir l'infirmiere ; & le mal avoit fait déja de si grands progrès, qu'on fut obligé de la porter à l'infirmerie. Quelque ardent que fut le desir qu'elle avoit d'être réunie pour jamais à son principe, & de voir le péché cesser tout-à-fait en elle, son respect pour les desseins & la volonté de Dieu la fit user des remedes sans inquiétude comme fans empreffement. Mais en cet état même fon zèle pour la pénitence & fon amour pour la fainte Profeffion qu'elle avoit embraffée, ne l'abandonnerent pas : on eut peine à obtenir d'elle de quitter la ferge & d'ufer de linge. Les Médecins appellés la firent d'abord faigner : mais ils s'apperçurent bientôt que les remedes étoient inutiles, & que l'inflammation étoit toute formée.

La fœur Louife de la Miféricorde qui fentoit mieux que perfonne, que fon heure approchoit, accepta de tout fon cœur avec une humble & paifible foumiffion, la mort & toutes les circonftances qui pouvoient la rendre plus pénible : elle répéta plufieurs fois ces paroles : *Expirer dans les plus vives douleurs, voilà ce qui convient à une péche-*

resse. Elle passa toute la journée dans cet état, sans que ses soufrances lui arrachassent aucune plainte. Mais le mal ayant fait pendant la nuit un progrès considérable, elle demanda elle-même dès le matin les derniers Sacremens; & s'y prépara par ces sentimens d'une amoureuse reconnoissance, qui étoient sa disposition habituelle. *Dieu a tout fait pour moi*, dit-elle: *il a reçu autrefois dans ce même temps le sacrifice de ma Profession: j'espere qu'il va recevoir encore le sacrifice de justice que je suis prête de lui offrir.* Elle se confessa & reçut le saint Viatique avec la plus grande présence d'esprit & avec toutes les marques les plus touchantes de religion.

On espéroit après l'administration avoir du temps pour essayer quelques nouveaux remedes, qui puffent avoir plus de fuccès que les précédens. Mais une grande foiblefle qui lui prit & qui dura peu, allarma tellement les perfonnes qui étoient auprès de la malade, qu'on fit rentrer fur le champ M. l'Abbé Pirot, Supérieur des Carmelites, qui venoit de lui donner le S. Viatique, & qui lui adminiftra fans délai l'Extrême-Onction. La fœur Louife de la Miféricorde reçut ce dernier Sacrement avec une pleine connoiffance : & l'on peut facilement juger par les fentimens dont elle étoit continuellement pénétrée, avec quelle joie & quelle humilité elle fe vit de nouveau purifiée dans toutes les parties de fon corps par l'application des mérites & du fang de Jefus-Chrift, & fortifiée par ces falutaires onctions pour foutenir

les derniers combats. Madame
la Princeffe de Conty que l'on
avoit fait avertir de l'état où
étoit fon admirable mere, arri-
va encore affez tôt pour être témoin de la paix & de la tranquillité avec laquelle cette pieu-
fe mourante offroit à Dieu le
facrifice de fa vie. Mais la Princeffe ne put avoir la confolation
d'entendre aucune parole d'une
perfonne qui lui étoit fi chere,
& qui n'ayant plus la force de
lui parler, fe contenta de témoigner par de tendres regards
& des fignes pleins de religion,
tout ce qu'elle auroit voulu lui
dire, tout ce qu'elle lui fouhai-
toit de graces & de bénédic-
tions fpirituelles. Elle ne put
s'exprimer de même que par fon
filence, pour répondre aux inf-
tructions que M. l'Abbé Pirot
lui donnoit. Ce refpectable Prê-

tre lui ayant inspiré de faire à Dieu cette priere : *Seigneur, si vous augmentez la souffrance, augmentez aussi la patience :* la sœur Louise de la Miséricorde lui témoigna par signe qu'elle faisoit intérieurement la même demande. Enfin Dieu abrégea ses douleurs : la nature succomba tout-à-fait ; & la sainte victime de la pénitence expira sur le midi le 6 Juin 1710, âgée de soixante-cinq ans dix mois, après en avoir passé trente-six dans les pratiques de la vie Religieuse, & d'une austère pénitence.

Le nom de Madame la Duchesse de la Valliere, devenue Religieuse Carmelite sous le nom de sœur Louise de la Miséricorde, étoit trop célébre, pour que le bruit de sa mort ne se répandit pas bientôt de tout côté.

Dès qu'on eût expofé fon corps auprès de la grande grille du chœur felon l'ufage, il fe fit un fi prodigieux concours de toutes fortes de perfonnes qui vouloient s'édifier de ce fpectacle, que pour empêcher les cris & le tumulte, on fut obligé de laiffer la grille ouverte depuis le matin que le corps fut expofé jufqu'à cinq heures & demie du foir; quatre Religieufes pouvant à peine fuffire pendant tout ce temps à recevoir & à rendre les reliquaires, médailles, livres, images, &c. qu'on leur faifoit paffer, pour toucher à ce corps qu'on regardoit comme celui d'une victime qui s'étoit volontairement immolée à la juftice divine, & crucifiée avec Jefus-Chrift. Enfin quand les Eccléfiaftiques entrèrent pour faire l'inhumation, il s'éleva de toute part dans l'Eglife une multitude de voix confufes qui la canoni-foient d'avance, en reclamant avec un empreffement plein de confiance & de religion l'inter-ceffion d'une ame qu'on regar-doit comme confommée dans l'infinie fainteté de Dieu, & en publiant hautement les louan-ges de cette femme vraiment forte, qui avoit fervi fon célefte Epoux, avec une fi conftante fidélité, depuis qu'il l'avoit rap-pellée de fes égaremens.

LETTRES

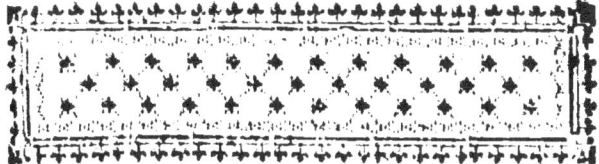

LETTRES

DE

MADAME LA DUCHESSE

DE LA VALLIERE.

LETTRE I.

JE veux vous remercier moi-même de votre souvenir, & me réjoüir avec vous de l'état tranquille où vous êtes. Vous avez la paix du cœur, & vous en goûtez les délices fans aucun obſtacle. J'envie fort le même bonheur ; mais je n'y ſuis pas encore parvenue, & j'ai beſoin des conſeils de mes amis, pour ne me laiſſer pas aller ſouvent à ces troubles que vous connoiſſez : cependant je vous aſſure que je me [illisible] fort bien de nos

A

dernieres converfations ; & j'ai la vanité de vous dire que j'en ai profité,
& que je fais , ce me femble , des
merveilles. Je voudrois que vous en
puffiez juger ; car fouvent on fe flatte
fans s'en appercevoir. Je vous écris
avec liberté , parce que je fçais que
la voie par où va ma Lettre eft sûre ;
vous fçavez que toutes ne font pas de
même. Ne m'oubliez pas , je vous
prie , & foyez perfuadé qu'on ne peut
être plus fincérement que je le fuis ,
Votre très-humble fervante ,

LA DUCHESSE DE LA VALLIERE.

A Tournay , le 9 Juin 1673.

LETTRE II.

ON ne fçauroit être plus recon-noiffante, que je le fuis, Mon-fieur, des peines que vous continuez de prendre pour moi : je défire de toute mon ame pouvoir y répondre de la maniere que vous le fouhaitez ; mais en quelque lieu que je fois, j'ai grand - peur de n'être pas digne d'ob-tenir aucune grace : avant tout il faut fe mettre en état d'en demander.

Vous me donnez une grande joie de m'afsûrer que je ferai reçue quand j'aurai la force de me tirer d'ici. Je crois que c'eft en fçavoir affez pour le temps préfent. Je tâcherai de faire une vifite à votre retour , & j'efpere que Dieu nous affiftera l'un & l'autre.

Je fuis fi foible , que je ne merite pas les graces qu'il me fait ; mais j'ai une grande confiance en fa bonté , &

dans les prieres que vous me promet-
tez : remerciez, si l'occasion s'en présente, les personnes charitables dont
vous me parlez, & croyez que je suis
bien persuadée, que sans vos bons
avis, je ne serois pas aussi ferme &
aussi résolue que je le suis. Je sens vivement tout ce que je vous dois, &
je ne l'oublierai de ma vie.

A Versailles, ce 4 Novembre 1673.

LETTRE III.

J'Ai vû depuis votre départ les perfonnes auxquelles j'efpere aller bientôt me joindre pour toujours. Tout m'affermit dans ce deffein , & je crois que dans peu vous ne craindrez plus pour moi : enfin je commence à goûter fi ardemment le plaifir de fervir Dieu fans aucun obftacle, que les heures que je fuis obligée de paffer encore ici , pour achever ma guérifon , me paroiffent des fiecles. Il n'y a plus que cette raifon qui m'y retienne ; & je fouffre les douleurs que l'on me fait avec patience , dans l'efpérance que l'on abbrégera mon mal & mon efclavage ; (car je n'appelle plus mon féjour ici que de ce nom :) mais Dieu eft fi bon & fi miféricordieux , qu'il m'envoye des confolations fans nombre ; & chaque in-

ſtant m'enflame de ſon amour ſi fortement, que je n'imagine plus d'autre plaiſir que l'eſpoir d'être à lui ſans
réſerve. Quelles graces, Monſieur
le Marechal! & par où les ai-je méri-
tées? Il faut me ſacrifier entiérement
pour reconnoître ces faveurs infinies,
& pour réparer le nombre d'années
que j'ai paſſées à l'offenſer. Je ſens
pourtant que, malgré la grandeur
de mes fautes que j'ai préſentes à tout
moment, l'amour a plus de part à
mon ſacrifice, que l'obligation de
faire pénitence. J'ai vû M. de Condom, & lui ai ouvert mon cœur : il
admire la grande miſéricorde de
Dieu ſur moi, & me preſſe d'exécuter ſur le champ ſa ſainte volonté ; il
eſt même perſuadé que je le ferai
plûtôt que je ne crois. Depuis les
deux jours que je ne l'ai vû, le bruit
de ma retraite s'eſt ſi fort répandu,
que tous mes amis & mes proches

m'en ont parlé. Ils s'attendrissent d'a-
vance sur mon sort : je ne sçais pas
pourquoi l'on parle, car je n'ai rien
fait qui soit marqué ; je crois que
c'est Dieu qui le permet pour m'attirer à lui plus vîte. C'étoit là l'occasion, & je l'aurois saisie avec empressement ; mais je ne sçais si, avant de
faire aucune démarche, je ne suis
point obligée de me guérir. Je vais
consulter nos meres là-dessus, & puis
je finirai tout de suite, si elles le ju-
gent à propos. Priez pour moi, &
croyez que je ne vous oublierai jamais devant Dieu.

A Versailles, ce 21 Novembre 1673.

A iv

LETTRE IV.

JE suis sans doute bien plus heureuse que je ne mérite de l'être, sur-tout après avoir fait tout ce qu'il falloit pour me rendre éternellement malheureuse. Qui jamais a mieux éprouvé que moi l'effet de ces paroles : *Où le péché a abondé, la grace a surabondé ?* & de quelle maniere encore la grace est-elle venue en moi ? je ne l'ai point cherchée, elle m'a prévenu en m'inspirant le dégoût du monde & des faux plaisirs dont mon ame s'étoit enyvrée. Je tremble à la vûe de l'état affreux dans lequel j'étois, & je frémis d'y retomber. Je suis la plus criminelle des créatures ; serois-je encore la plus ingrate : Non, mon Dieu, ne permettez pas que je sois assez malheureuse ; & si j'échappe à votre miséricorde qui me presse de me convertir entiérement à vous, je prie votre justice de m'en punir, & de ne point différer mon supplice.

Tant de gens de bien s'intéressent à mon salut & m'honorent de leurs conseils, que cela me rassure ; c'est la voix de Dieu qui me parle par leur bouche, & je crois que c'est par leurs prieres & par leurs souhaits, que je me trouve dans les heureuses dispositions où je suis. J'espere que vous me fortifierez encore dans le parti que j'embrasse, & que je suis tout-à l'heure prête d'exécuter.

A Versailles, ce 19 Novembre 1673.

LETTRE V.

VOus serez surpris d'apprendre par d'autres que par moi les bruits qui courent dans le monde sur ma retraite aux Carmélites : cela s'est publié depuis dix à douze jours , sans que j'aie rien fait que ce que vous avez vû avant votre départ. Je crois que Dieu l'a permis pour me mortifier ; cependant je ne sçais pas encore quand je sortirai d'ici. On me fait mille difficultés sur le temps ; qu'il me paroît long ! & que j'ai d'impatience de voir arriver le moment ! Je vous jure que j'agis de bonne foi , & je me sens par la grace de Dieu plus vivement touchée & plus ferme que jamais. L'on me traite avec beaucoup de bonté : cela m'engage à plus de ménagement pour exécuter avec douceur ce que j'ai très-vivement réfolu. M. de Condom que je confulte fur ce que je dois faire, me donne fes confeils : ce qu'il me dira fera ma régle. En vérité tout ce que je vois augmente en moi l'envie que j'ai de me confacrer entiérement à Dieu. La Mere Agnès aura la bonté de vous inftruire un peu plus particuliérement que moi de tout ce qui fe paffe à mon fujet. Je fuis fi pénétrée de reconnoiffance des bontés de Dieu, que rien ne feroit capable à l'heure qu'il eft de me faire changer de réfolution. La lettre que vous m'avez écrite me fait peine ; vous me paroiffez moins tranquille que quand vous êtes parti : cependant puifque Dieu vous choifit pour le lieu où vous êtes, offrez-lui vos peines ; & bien loin de vous en affliger, goûtez le plaifir de fentir qu'elles viennent de lui : ne lui eft-on pas auffi agréable au milieu du monde que dans la retraite ? Mais je m'apperçois que je vous prêche; & j'en suis honteuse : pardonnez à l'amour de Dieu de se montrer un peu ; je prendrois plus de mesures, si je ne vous connoissois pas aussi plein de charité, que vous l'êtes pour votre prochain, & pour moi en particulier. Ne doutez pas, je vous supplie, de ma vive reconnoissance, & de l'attachement inviolable que j'ai pour vous.

A Saint-Germain en Laye , le 6 Décembre 1673.

L E T T R E VI.

J'Ai été si mal depuis Noël de ces importunes vapeurs , dont vous avez entendu parler à nos amis , que je n'étois pas en état de former deux lettres de suite : j'avois l'esprit si troublé & le corps si abbattu , que j'étois honteuse de moi-même , & me voulois mal de me trouver encore capable d'être réduite en cette extrémité par les chagrins que le monde me causoit : cependant j'ai toujours souhaité avec la même ardeur l'exécution de mon dessein ; & le cœur n'a pas changé un moment, quoiqu'il se soit encore trouvé sensible aux traitemens différens que l'on éprouve ici. Mes vœux les plus vifs & les plus ardens sont de me donner parfaitement à Dieu ; & cependant je suis comme abysmée dans les ténébres. Ah ! cesfez de vous plaindre de celles où vous êtes ; vous avez une grande force d'efprit , beaucoup d'amour & une longue habitude au bien ; & moi toujours dominée par la malheureuse habitude du péché , fans aucune vertu, j'ai toutes les foibleffes de l'efprit & du cœur. J'ai raifon de trembler plus qu'un autre ; je tremble auffi , même des fentimens que Dieu a mis dans mon cœur , dans la crainte d'abufer de fa grace , & de ne pas perféverer. J'efpere cependant que le Seigneur fera touché de mes larmes , & qu'il ne rejettera point les prieres de fes ferviteurs fidéles , dont vous êtes du nombre , qui reclament pour moi fa miféricorde.

De mon côté , fi ma voix pouvoit être entendue de Dieu , je vous affure que vous lui offririez d'un cœur égal le bien & le mal qui vous peut arriver. Je ne doute pas que vous ne le fassiez ; mais il est bon de vous le dire encore, pour vous y faire mieux penser. Espérons donc , & prions sans cesse ; avec cela l'on va loin : Dieu n'abandonne point ceux qui veulent absolument se donner à lui. Je suis pénétrée de ce que je vous dis, & cela me console dans mes afflictions. Mes affaires n'avancent point, & je ne trouve nul secours dans les personnes dont j'en pouvois attendre : il faut que j'aie la mortification d'importuner le maître, & vous sçavez ce que c'est pour moi. Le monde, à ce que l'on dit, desapprouve mon procédé ; mais j'aurois grand tort de m'en plaindre. Pourquoi le monde m'épargneroit-il, quand je n'ai pas craint d'offenser Dieu à la face du monde ? Je vous avouerai cependant que j'y suis sensible ; c'est un effet de l'amour-propre, qui veut que les autres nous approuvent , quand même nous sommes forcés de nous condamner. Mais qu'est-ce que les discours des hommes en comparaison de mes actions ! Je voudrois y être cent fois plus sensible encore, afin d'en faire un sacrifice à Dieu qui fût plus digne de lui. Si vous étiez ici vous me feriez d'une grande consolation ; je sens tout le besoin que j'ai de vous; recommandez-moi du moins à Dieu, j'attends tout de sa bonté ; il m'a trop fait de graces pour m'abandonner.

A Saint-Germain, ce 11 Janvier 1674.

LETTRE VII.

JE viens de recevoir votre lettre, qui m'a donné une grande confolation ; mais je fuis en peine de celles que vous m'avez écrites par M. de Condom : il eft bien fâché de n'avoir eu que celle d'aujourd'hui à me rendre. Faites, je vous prie, ce que vous pourrez, pour fçavoir ce que font devenues les autres : je ferois mortifiée de les perdre, elles me font trop utiles ; & je vous affure que celle que je viens de recevoir m'a fait un bien admirable par les confeils que vous m'y donnez. Je tâcherai d'en profiter, & de répondre de mon mieux aux graces que Dieu me fait. Quoique je ne doute pas de votre perféverance au fervice du Seigneur, je ne laiffe pas d'être ravie quand je vous vois dans des fentimens fi pleins d'amour de Dieu. B

Je vous ai écrit par Madame de Schomberg une grande lettre ; je ne fçais fi vous l'avez reçue : celle-ci eft bien decoufue ; pardonnez-le-moi , je vous prie : mais le temps me preffe ; & j'ai , ce me femble , tant de chofes à vous dire , que cela me trouble & m'embarraffe. J'efpere que Dieu me fera dans peu achever mon deffein , je l'en conjure de tout mon cœur ; il nous donne un grand exemple à fuivre dans la perfonne de M. de Grenoble : s'il eft au-deffus de nous de pouvoir marcher comme lui à pas de geant, du moins fuivons-le des yeux. Priez-le de nous recommander à Dieu l'un & l'autre , & foyez bien perfuadé que je reffens vivement les bontés que vous me témoignez.

A Saint-Germain , le 26 Janvier 1674.

✠

LETTRE VIII.

VOus craignez pour moi , & vous avez raison , puisque je suis encore ici : que voulez-vous ? je suis la foiblesse même : cependant je travaille à sortir du péril ; c'est peut-être trop nonchalamment ; je le dis à ma honte : mais je vous assure que c'est de bonne foi , & avec dessein que ce soit au plûtôt.

J'arrive des Carmélites ; on y prie pour vous & pour moi , & c'est delà que nous devons attendre notre secours. Je n'ai plus la hardiesse de vous rien dire de moi-même ; je suis trop méprisable pour qu'on puisse écouter les avis que je pourrois donner , & je renonce à le faire , jusqu'à ce que j'aie prêché d'exemple : il faut commencer par là , quand on veut bien persuader ; cela ne m'empêchera pour-

B ij

tant pas de vous remercier de vos lettres dans toutes les occasions ; elles
me touchent , elles m'édifient & me
donnent des forces , pour surmonter
ma foiblesse. Est-il besoin de vous en
dire davantage , pour vous engager
à m'écrire plus souvent ?

· Je suis au désespoir de me voir encore si peu avancée , & vous ne sçauriez me faire plus de honte que je
m'en fais à moi-même: je suis cependant plus affermie que jamais ; &
quand on me donneroit toutes les
grandeurs du monde , je ne change-
rois pas l'envie seule d'être Carmélite
en leur possession : je ne tiens plus qu'à
un fil ; aidez-moi, je vous prie , à le
rompre ; grondez , menacez , traitez-
moi durement , s'il le faut , faites enfin tous vos efforts pour m'inspirer
du zele & du courage , tout me servi-
ra ; & vous sçavez que , par la grace
de Dieu , je profite un peu des con-

feils de mes amis. J'ai tant de confiance aux vôtres , & je m'en fuis fi
bien trouvée jufqu'ici , que vous devez ne pas vous rebuter de ma foibleffe : il eft vrai que j'en ai plus que perfonne ; mais la charité vous donnera
de la force , & pour vous & pour moi.
Je n'ai plus qu'un pas à faire ; mais j'ai
de la fenfibilité , & l'on a eu raifon de
vous dire que Mademoifelle de Blois
m'en a beaucoup infpiré. Je vous a-
voue que j'ai eu de la joie de la voir
jolie comme elle étoit ; je m'en fai-
fois en même temps un fcrupule : je
l'aime , mais elle ne me retiendra pas
un feul moment : je la vois avec plaifir , & je la quitterai fans peine : accordez cela comme il vous plaira ;
mais je le fens comme je vous le dis.
Il faut que je parle au Roi , & voila
toute ma peine : demandez à Dieu
qu'il me donne toute la force dont j'ai
befoin dans cette occafion. Quitter la

Cour pour le Cloître, ce n'eſt point là
ce qui me coute; mais parler au Roi,
oh ! voila mon ſupplice. Je m'expoſe
à vous telle que je ſuis : ne m'en ai-
mez pas moins , je vous prie ; & que
la pitié faſſe en vous ſur mon ſujet ce
que l'eſtime fait en moi ſur le vôtre.

A Verſailles , le 8 Février 1674.

LETTRE IX.

C'Eſt le défaut d'occaſion ſans doute qui vous empêche de recevoir de mes lettres ; vous verrez par la date , que je vous fais réponſe exactement , & je vous aſſure que c'eſt avec plaiſir. J'ai fait lire à M. de Condom ce ſoir , les dernieres lettres que j'ai reçues ; il les admire , & moi j'en ſuis pénetrée : enfin, M. j'avance , mon courage augmente , & je crois que Dieu achevera bientôt ſon ouvrage : cependant je crains, & je craindrai toujours , juſqu'à ce que je ſois abſolument hors de danger. Je connois ma foibleſſe ; & tant d'eſprits ſupérieurs au mien ont tombé de plus haut que je ne ferois , que cela me fait trembler. Je prie Dieu de me garder de moi-même ; je le prie de me donner de nouvelles for-

ces pour me ſoutenir, & de combler
en vous la meſure de ſes dons. Je
me ſens ſi preſſée de reconnoiſſance
pour tout ce que je vous dois, que je
ne ſerai jamais en état d'obtenir de
graces, que celle de votre ſalut ne
ſoit la premiere que je demande. En
attendant, continuez-moi vos conſeils & vos prieres; &, s'il plaît à
Dieu, tout ira bien : le tems me preſſe, & je finis.

A Verſailles, ce 17 Février 1674.

LETTRE

LETTRE X.

QUand vous verrez la date de
mes lettres , je ferai justifiée
auprès de vous de la négligence dont
vous m'accufez : il faut bien qu'on
n'ait pas eu occafion de les envoyer.
Je ferois au défefpoir que vous me
cruffiez capable d'oublier mes devoirs , & c'en eft un pour moi très-
agréable de répondre aux volumes ,
(puifque vous appellez ainfi vos
lettres) dont vous craignez que je
n'aie été importunée. En vérité vous
avez donc oublié , Monfieur, comme
j'ai le cœur , même felon le monde ;
& felon Dieu vous m'offenfez encore
plus fenfiblement. Je croyois que vous
me connoifiez mieux depuis tant
d'années , & que vous auriez eu
meilleure opinion de moi : je
n'en reconnois pourtant pas avec

C

moins de plaisir les obligations infinies que je vous ai ; mais rendez-vous
un peu plus de juſtice ; & vous jugerez de moi plus équitablement. J'ai
pour vous la plus parfaite eſtime , &
d'ailleurs vos lettres reſpirent ſi fort
l'amour de Dieu , qu'on ne peut les
lire ſans en être vivement touché.
Puis-je en vérité n'être pas ravie en
les recevant ? & quelle raiſon pouvez-vous trouver pour excuſer l'offen-
ſe que vous me faites? Ecrivez , écrivez, je vous en conjure , toutes les
fois que vous en trouverez l'occaſion,
& j'en ferai de même. Fortifiez-moi
de vos conſeils ; voila le tems qui approche où j'ai beſoin de ſecours plus
que jamais. Demandez des prieres
pour moi , redoublez les vôtres , &
continuez ce que vous avez commencé ; Dieu vous récompenſera des graces même que vous m'aurez obte-
nues de ſa miſéricorde. Nous avons

le Pere Bourdaloue qui nous fait des
fermons admirables : je voudrois que
vous les entendiſliez , je fuis sûre que
vous en feriez ravi : comme vous ê-
tes confirmé dans le bien , vous en
profiteriez beaucoup mieux que moi,
qui n'ai que le défir de le faire , avec
mille défauts qui m'en empêchent.
Je finis , de peur d'être importune ,
& je fuis toute à vous. La pauvre
Maréchale vous fait fes complimens ;
fa confcience eſt dans le même état
qu'à Nancy.

Ce 4 Mars 1674.

LETTRE XI.

ENfin je quitte le monde ; c'eſt ſans regret, mais ce n'eſt pas ſans peine : ma foibleſſe m'y a rete-nue long-temps ſans goût, ou, pour parler plus juſte, avec mille chagrins: vous en ſçavez la plus grande partie, & vous connoiſſez ma ſenſibilité ; el-le n'eſt point diminuée, je m'en ap-perçois tous les jours, & je vois bien que l'avenir ne me donneroit pas plus de ſatisfaction que le paſſé & le préſent. Vous jugez bien que ſelon le monde je dois être contente, & ſelon Dieu je ſuis tranſportée. Je me ſens vivement preſſée de répondre aux graces qu'il me fait, & de m'aban-donner abſolument à lui.

Tout le monde part à la fin d'A-vril ; je pars auſſi, mais c'eſt pour al-ler dans le plus ſûr chemin du Ciel.

Dieu veuille que j'y avance comme j'y suis obligée, pour obtenir le pardon de mes fautes! Je me trouve dans des dispositions si douces & si cruelles, mais en même temps si décidées, (accordez cette opposition qui est en moi,) que les personnes à qui j'ouvre mon cœur, admirent de plus en plus l'extrême miséricorde de Dieu à mon égard.

M. le Dauphin fait le voyage : je perds M. de Condom, que j'avois engagé à faire le sermon de ma prise d'habit : s'il n'est pas revenu dans le temps qu'on me jugera capable de le prendre, je crois que je choisirai le Pere Bourdaloue : il nous a prêché une Passion merveilleuse, & propre à toucher les cœurs les plus endurcis ; je l'ai même entretenu, il y a peu de jours ; il me plait fort, & il est tellement pénétré des vérités qu'il prêche, que vous en êtes persuadé d'avance.

C iij

Pour M. de Condom, c'eſt un homme admirable par ſon eſprit, ſa bonté & ſon amour de Dieu. Je ne manquerai pas de l'engager à continuer de vous écrire; de votre côté exhortez-le auſſi à n'avoir que le moins de commerce qu'il pourra avec ces gensdan ge-reux...vous m'entendez bien; ſes inten-tions ſeront toujours dans la derniere pureté, mais il faudroit en avoir autant que lui pour en juger équitablement. C'eſt le voyage qu'il va faire, qui me fait parler ainſi. Vous ſçavez qu'à Tournay on étoit obligé de ſe com-muniquer plus qu'on n'auroit voulu, & l'on ne peut être trop ſur ſes gar-des. Il eſt bien hardi à moi de don-ner des conſeils; mais l'on pardonne tout à une demi-pénitente, qui eſ-pere l'être bien-tôt tout-à-fait. Je ſuis très-obligée à Monſieur de Grenoble de me parler comme il fait : vous ſçavez que la dureté ne me déplait pas, & qu'elle ne m'a jamais fait peur, malgré la délicatesse de mon tempérament. Je ne l'écouterai plus que pour aimer Dieu, & pour m'aimer moins je tâcherai de vous imiter : continuez-moi vos prieres & vos confeils, & je vous promets en reconnoiffance de ne vous oublier jamais devant Dieu.

Ce 19 Mars 1674.

C iv

LETTRE XII.

IL y a deux jours que je suis ici : j'y goûte une tranquillité & une satisfaction si pure & si parfaite, que je suis dans une admiration des bontés de Dieu, qui tient de l'enthousiasme. Mes liens sont rompus, par sa grace; & je vais travailler sans cesse à lui rendre toute ma vie agréable, pour lui marquer ma reconnoissance. Je n'entrerai dans aucun détail aujourd'hui; il vous suffira de me sçavoir en sûreté : remerciez notre Seigneur pour moi; je le prierai avec ardeur pour vous. Faites quelques complimens à Monsieur de Grenoble, de la demi - pénitente, & me croyez toute à vous. Il est trop tard pour en dire davantage : adieu.

Des Carmelites ce 22 Avril 1674.

LETTRE XIII.

JE prie le Seigneur de nos ames d'embraser votre cœur du feu de son amour, & de vous inspirer cette soif ardente dont vous désirez tant d'être consumé.

J'entre si fort dans tous vos sentimens, par la reconnoiſſance & par l'amitié qui nous lie, que je ne ceſſe de demander à Dieu, avec la plus vive inſtance, qu'il vous délivre de l'état où vous me mandez que vous êtes, quoiqu'il ne me paroiſſe pas auſſi dangereux qu'à vous. L'extrême ſoumiſſion d'eſprit où je vous vois, ſuffit pour le rendre auſſi méritoire & peut-être même plus que celui de la plus grande ferveur : car dans l'un l'amour-propre eſt à craindre ; & pourvû que dans l'autre on ſoit fidéle & patient, l'on a tout à eſperer. Il faut s'abandonner à la providence, & nous laisser conduire sans nous mettre en peine par quel chemin: si c'est par celui de la secheresse, Dieu nous donnera le courage nécessaire pour la soutenir ; si c'est par la voye de la douceur, demandons-lui l'humilité du cœur & de l'esprit, afin de lui rendre par notre amour l'hommage de reconnoissance que nous devons à sa bonté.

En voilà assez pour une humble novice, que le Ciel comble tous les jours de nouvelles grâces, & qui ne sçait comment faire pour y répondre. Ne m'abandonnez pas ; & puisque c'est vous qui m'avez, pour ainsi dire, remise entre les mains du Seigneur, entretenez-moi sans cesse de ses miséricordes & de mes devoirs. Adieu, je vais de ce pas vous recommander à celui à qui nous devons tout.

Ce 13 Juillet 1674.

LETTRE XIV.

C'Eſt à l'heure qu'il eſt que je puis dire avec vérité, que je ſuis à Dieu pour jamais : je ſuis à lui par des liens ſi forts que rien ne les peut rompre. Liée par des vœux, & encore plus par la grace qui me les a fait faire ; rien ne peut me ſéparer de la charité de Jeſus-Chriſt : c'eſt en lui ſeul que j'eſpere, & pour lui ſeul que je veux vivre. Il ne me reſte plus rien à ſouhaiter, que de perdre la mémoire de tout ce qui n'eſt point lui : par ſa bonté le cœur eſt détaché, & la volonté ne tend plus qu'à lui plaire ; mais cette importune mémoire, que je voudrois ſi loin de moi, me diſtrait à tout moment, & me livre d'éternels combats. Il n'y a plus qu'elle à détruire : je prie Dieu d'achever ſon ouvrage. Vous me faites, ce me femble, les mêmes plaintes : vous ne voulez & ne défirez plus rien que Dieu feul , & cependant vous dites que tout ce que votre cœur fuit & redoute le plus, revient fans cefle fraper votre penfée. Quelle fenfible peine , qu'après tant de graces reçues, nous trouvions toujours quelque obftacle à cette entiére occupation de Dieu, que je crois fi délicieufe ! Mais pourquoi vouloir fe fouftraire au fouvenir de fes fautes ? n'eft-il pas trop jufte d'en faire pénitence ? Repaffons-les nuit & jour dans notre mémoire ; c'eft la plus rude qu'on puifle s'impofer , & peut-être la feule qui foit digne de Dieu.

En effet toutes les fouffrances, toutes les auftérités du corps, n'ont rien, ce me femble, qui égale la peine & l'humiliation du péché.

Aimer Dieu ardemment , & oublier tout le refte ; ah ! Monfieur le

Maréchal, cela est trop agréable. Vous parviendrez peut-être un jour à cet heureux état : pour moi j'ai trop offensé la majesté divine pour oser jamais y prétendre. Je ne dois penser qu'à souffrir toute ma vie ; mais j'y consens, & le désire même de toute mon ame ; pourvû que je n'offense plus mon Dieu.

Tout nous sera compté ; le tems fuit & n'est plus : l'éternité s'avance, l'éternité !.. ce mot me fait trembler ; c'est le terme fatal où tout doit aboutir, vers lequel chaque instant nous précipite, où nous touchons peut-être, où finit la vie du monde, & où dans toute l'étendue de son immensité commence le regne à jamais triomphant du pere des miséricordes, & du Dieu des vengeances : quels objets ! occupons-nous-en sans cesse ; prions avec ferveur, cherchons avec persévérance, malgré les oppositions que nous trouvons à chaque inſtant dans notre cœur. Aimons, mais d'un a-mour pur & déſintéreſſé; & mourons ſi entierement à nous-mémes, que nous puiſſions dire avec l'Apôtre, *Ce n'eſt plus moi qui vis, c'eſt Jeſus-Chriſt qui vit en moi.* Voilà les ſouhaits que je fais pour vous comme pour moi-même.

Ce 14 Juin 1671.

LETTRE XV.

SI vous avez vû la relation de la mort de notre frere, Dom Charles-Denis de la Trappe, je ne doute pas que vous n'en foyez véritablement touché : M. de Trois-ville l'a lûe hier au parloir : pour moi je vous avoue que j'en fuis pénétrée. Qu'il eſt heureux ! il a mené une vie plus angélique qu'humaine, & il jouit apparemment pour jamais de cette gloire que Dieu promet à ceux qui lui font fidéles. En vérité je n'ai jamais rien lû ni entendu qui foit plus digne d'admiration.

D'ordinaire les vies auſteres & pleines de fouffrances, quelque merveilleufes qu'elles nous paroiffent, ne laiffent pas de faire trembler la nature ; mais dans tout ce que j'entendis hier, il me femble qu'il y a une cer-

taine onction si pleine de douceur &
de tendresse, que bien loin d'être ef-
frayé des rigueurs de la pénitence,
on ne se sent que plus de zéle & d'ardeur à l'embrasser. Cependant on est
moins étonné de voir tant de vertus dans un seul homme, que rempli
d'admiration à la vûe de cette plénitude de graces, dont Dieu l'a com-
blé ; car vous voyez dans ce saint
homme une austérité rigoureuse avec
une délicatesse extrême, une humilité profonde avec une entiere innocence, un amour ardent, tendre,
doux, une paix inaltérable par toutes les souffrances & par la longueur
des souffrances ; en un mot c'est l'opposé de ce que je suis : il n'y a que
sur l'espérance, où je crois me rapprocher un peu de lui. Mais quelqu'im-
parfaits que nous soyons, que nous
avons encore de graces à rendre au
Seigneur ! humilions-nous en sa
                                    sainte

fainte préfence, & foyons-lui foumis
en tout dans la fimplicité de notre
cœur. J'efpere , je crois & j'aime :
c'eft à Dieu à perfectionner fes dons.
Je fens combien j'en fuis indigne ;
mais que n'ai-je pas à efperer de fa
bonté infinie par tout ce qu'il a déja fait pour moi !

Ce 1 Septembre 1675.

D

LETTRE XVI.

QUe je fuis au-deſſous de l'état
où vous me croyez ! je le vois
de loin avec envie, & je fais tous
mes efforts pour y atteindre, mais
c'eſt en vain ; je trouve dans mon
propre cœur un ennemi qui me dé-
tourne du bien que je veux, & me
fait faire le mal que je ne veux pas.
Eh ! quoi donc ? j'aimerai la loi de
Dieu, elle fera les délices de mon
efprit, & je fléchirai indignemem
fous la loi du péché ? La charité
qui vous anime vous fait juger de
votre prochain par vous-même ; &
parce que vous jouiſſez de cet état
ſi délicieux de la préſence continuelle de Dieu, vous fuppoſez que
je le partage avec vous. Songez donc
qui je fuis, une malheureufe qui ne
fais que commencer à fouhaiter de

faire le bien & qui n'en ai point encore fait. Mais quoi ! la grace que je désire seroit trop grande pour ma foiblesse, & je n'aurois pas la force de
la conserver. Je suis persuadée que
pour l'obtenir, il faut d'abondantes larmes & d'ardentes prieres,
& je n'ai le don ni de l'un ni de l'autre ; cependant je me félicite sans
cesse d'être au service du Seigneur.
Quelque sécheresse que j'éprouve,
quelque imparfaite que je sois, je n'ai
qu'à songer que je suis dans la maison de Dieu, toute mon espérance
se réveille, mon âme s'élève & s'a-
grandit, & je sens venir en moi cette
douceur, & cette tranquillité dont
je vous ai déja parlé plusieurs fois.
Je suis honteuse de tant de graces, quand j'examine comme je prie
& comme j'agis. Je vois bien que je
ne mérite que des châtimens ; & cependant je reçois des biens, & des

D ij

biens pour la vie éternelle. Je m'a-
bîme dans ces confidérations, & je
m'y perds.

Mais fi nous ne pouvons rien faire qui puiffe nous acquitter, Jefus-
Chrift eft mort pour payer toutes
nos dettes. Il a brifé le joug de notre
efclavage, & nous a fait des enfans
d'adoption. Mettons toute notre confiance en ce fouverain libérateur :
jouiffons de la paix tandis qu'il nous
la donne, & foumettons-nous de bon
cœur à nous la voir ôter : fi c'eft fa
volonté que nous combattions, il
nous donnera des forces. Priez pour
moi.

Ce 4 Novembre 1675.

LETTRE XVII.

JE ne puis m'empêcher de vous faire part de la joie que j'ai eue de voir M. l'Abbé de la Trappe, & de recevoir de lui des inſtructions telles qu'il les donne à ſes novices ; c'eſt du moins ce qu'en penſe ma ſœur Anne-Marie de Jeſus, qui étoit préſente à ſa converſation. Je voudrois bien en profiter comme elle ; mais les diſpoſitions ne ſont pas toutes égales, & il me faut plus qu'à un autre pour faire le bien : cependant je ſuis toujours dans la confiance & la paix, & notre ſaint Abbé m'a fort exhortée à y demeurer. Qu'il aime Dieu au prix de moi ! & que cela me doit donner de confuſion ! ne devrois-je pas l'aimer ſeule plus que tout le monde enſemble, en reconnoiſſance de tout ce qu'il a fait pour moi?

Mais que je suis tiéde au service de
ce divin maître , moi qui ai toujours
été si vive & si empreſſée pour tout
ce que j'ai voulu faire ! Encouragez-
moi, & déployez, s'il le faut, cette ri-
gueur & cette dureté , dont vous
vous êtes quelquefois si utilement fervi à mon égard ; si c'eſt avec ſuccès,
vous aurez part à ma récompenſe.
Enfin ne m'abandonnez pas ; & quoique je ſois dans un lieu où je cours
moins de périls que dans celui où
j'étois, ne laiſſez pas de me reprendre & de me repréſenter vivement
mes devoirs : je vous l'ai déja dit ,
il me faut plus qu'à tout autre. Joi-
gnez vos leçons & vos prieres à celles de nos ſaintes Méres , & de M.
l'Abbé de la Trappe : peut-être que
Dieu nous exaucera tous ; je le déſire
ardemment , & je l'eſpere. Rien ne
me fait peur : quelque étroit que ſoit
le chemin, j'y paſſerai ſans peine,

pourvû que Dieu m'éclaire & me continue fes bontés. Le corps n'eft rien quand l'efprit eft content. Aimons Dieu de tout notre cœur : ce cœur ne feroit-il infenfible que pour lui? Que vous êtes heureux! vous êtes dans l'état où il veut que vous foyez, c'e t-à-dire , détaché de vous-même. Demandez-lui pour moi la même grace.

Ce 7 Novembre 1675.

LETTRE XVIII.

NE puis-je obtenir de vous que vous me traitiez comme je le mérite ? En vérité vous n'y penfez pas : vous me parlez comme vous auriez fait à faint Paul à fon retour du troifieme ciel, & je fuis la plus criminelle des créatures : pleine de foibleffe & d'infidélités, toute terreftre, & malgré les graces du Seigneur, rampante parmi tant de perfonnes qui volent dans la voie étroite.

Ne m'épargnez pas, je vous prie ; au nom de Dieu, point de ménagement ; ufez de la févérité qui convient à mon égard ; je ne reprends point le pouvoir que je vous en avois donné, & j'en ai plus befoin que jamais.

Je fuis bien-aife de voir par les lettres que vous m'écrivez, que vous

avancez

avancez dans le chemin du ciel. J'ai fort envie de vous imiter ; mais je ne fuis point jaloufe de vous voir plus avancé que moi. Il eft jufte que le maître précede le difciple : trop heureufe encore de vous fuivre de loin. Je prie Dieu de tout mon cœur de vous conferver fes graces , & j'efpere que vous voudrez bien continuer de m'en faire part : vous voyez que l'homme fe retrouve par-tout,& n'oublie jamais fes intéréts ; mais qu'il eft doux de les rapprocher quand c'eft Dieu qui en eft l'objet !

Prions, demandons fans ceffe. Celui qui eft tout-puiffant eft inépuifable dans la richeffe de fes dons.

Ce 8 Janvier 1676,

F.

LETTRE XIX.

VOus avez raifon de vous plaindre de mon filence ; j'aurois dû
vous écrire plutôt ; mais j'en ai été
empêchée par mille occupations ,
dont l'obéiffance remplit tellement
les journées qu'à peine peut-on prier
Dieu ; mais j'attends mon pardon de
vôtre indulgence : c'eft donc avec
confiance que je commence ma réponfe à la derniere lettre que j'ai
reçue de vous.

Je vous fçai fi bon gré de craindre ma foibleffe fur les moindres
chofes , que je ne ceffe de remercier
Dieu de m'avoir donné un ami tel
que vous , qui comme un de ces anges qu'il a établis pour notre garde,
foutiendra mes pas contre la pierre,
& me fauvera de l'ennemi de mon
falut.

J'ai eu un grand nombre de visi-
tes : mais graces à Dieu , elles ne
m'ont point troublée ; & ma tranquillité , au lieu d'être ébranlée par
tous les objets qui se sont présentés à
mes yeux & même à mon souvenir,
n'en est que plus affermie. Vous
voyez que la miséricorde du Très-
haut ne se lasse point ; & que malgré
mes infidélités , je ne cesse d'être
comblée de graces.

Si les personnes que j'ai vûes pouvoient être touchées de Dieu en entrant dans cette sainte maison, quelle
satisfaction & quelle joie j'en aurois !
il n'y a point de pénitence que je ne
fisse , si l'on vouloit me le permettre,
à cette intention ; mais l'heure sans
doute n'est pas venue , je l'attends &
la demande avec la plus vive instan-
ce. Quand je suis prévenue que j'aurai quelque visite extraordinaire , je
vais devant le Seigneur le prier de

me garder ; & du moment que je
suis libre , je me presse d'aller le remercier de m'avoir préservée. Je suis
si pleine de foiblesses & si gâtée par
l'habitude , que sans un secours tout
particulier de Dieu , je ne resiste pas
aux moindres choses ; mais tout est
possible à celui que j'aime , & je
mets ma confiance en ses paroles qui
assurent que , qui le cherchera bien,
le trouvera.

Je veille & dors en repos sans
craindre l'apopléxie : je ne crains que
le péché. Mais que dites-vous de la
mort de ce pauvre M. de *** ? Grand
Dieu ! quelle mort ! En vérité ce
sont là de terribles exemples : comment n'en est-on pas plus frappé ?
au moins profitons-en pour louer le
Seigneur de nous avoir mis à portée
de l'aimer éternellement. Peut-être
touchons-nous bien-tôt à notre heure
derniere. Employons le tems , & as-

tendons la fin de notre pélerinage en paix. Pour moi j'envisage du même œil la vie & la mort ; & je pense qu'on est assez indifférent à l'égard des biens & des maux du monde, quand on sçait qu'on n'espere pas en vain.

La Mere Agnès a été très-dange-reusement malade. Elle est mainte-nant hors de danger. Je crois que les prieres de la Communauté ont de beaucoup aidé à sa guérison : j'en suis comblée de joie. Si vous étiez un peu plus près de nous, rien ne nous manqueroit ; l'éloignement de ses amis est toujours si désagréable ! quand il plaira à Dieu nous nous verrons ; mais en attendant veillons & prions sans cesse pour éviter la tentation : recueillons en Dieu tou-tes nos pensées & tous nos désirs, échauffons nos cœurs du souvenir de ses bienfaits, demandons-lui qu'il les

enflamme du feu de fon amour, &
ne nous éloignons jamais de fa divine préfence, fans laquelle nous ceffons de vivre en lui, & lui en nous.

Mais il eft tems de finir. Voilà
cinq à fix fois que je laiffe la plume,
& que je la reprends pour achever
ma lettre ; car une novice Carmelite en très-bonne fanté, n'a pas affez
de tems de fuite pour en écrire une fi
longue, fans lâcher prife. Adieu pour
le coup, adieu.

LETTRE XX.

VOus êtes trop indiscret pour un Directeur , & je suis presque fâchée contre vous. C'est à vous seul à qui je rends compte de mon inté-rieur, & point du tout au monde, qui n'est pas aisé à édifier , & que j'ai trop scandalisé. J'espere, avec la grace de Dieu , réparer par une longue pénitence les fautes dont il a été le témoin ; mais en attendant, ne faites plus voir mes lettres, je vous prie , & qu'elles ne soient qu'entre vous & moi. Je ne mérite ni ne veux de louanges , & il sembleroit au public que je veux m'en attirer. Je crains sur-tout l'orgueil ; & je le crains d'autant plus, que j'y suis plus sujette. Unissez-vous à moi pour le détrui-re , je vous donnerai des armes con-tre moi-même : j'ai tant de sujets de

E iv

m'humilier ! Faites-moi reſſouvenir
de mes crimes paſſés ; & priez Dieu
qu'il m'en inſpire tant d'horreur,
que je n'aye plus d'autre ſentiment
que la douleur de les avoir commis,
& d'autres penſées que celles de les
eſſacer par mes larmes. Demandez-lui
cependant encore, pour conſoler un
peu mon ame, qu'il me ſoit permis
de me laiſſer aller quelquefois au
ſentiment de ma vive reconnoiſſance
& au plaiſir que je trouve à l'aimer
cent fois plus que moi - même. Je
viens de voir mourir une de mes
ſœurs; qu'elle eſt heureuſe ! elle a fi-
ni une très-ſainte vie par une prompte & tranquille mort, puiſſions-nous
voir ainſi finir la nôtre! il n'y a rien de
mieux à ſouhaiter dans le monde. Je
prie Dieu qu'il vous continue ſes
graces, & qu'il me donne pour lui
un amour ſans bornes.

LETTRE XXI.

JE ne puis que me féliciter que vous ayez repris dans votre dernière lettre l'autorité que je vous ai donnée sur moi depuis si long-tems: gardez-la jusqu'à la mort, j'y consens, & usez de mes lettres comme vous le jugerez à propos. Voyez-vous comme je suis docile? Je ne change pas facilement quand une fois j'ai donné ma confiance.

Pour vous obéir, j'ai parlé en termes assez forts, & même avec une liberté & une satisfaction qu'il faut sentir comme moi, pour être persuadé que je dis la vérité. Celui qui me donne cette force peut faire la même grace à tout le monde; & j'avois si peu sujet d'y compter, que cela doit faire esperer les plus grands pécheurs. Je les ai sans cesse en vûe

dans mes prieres. Que je ferois heureufe, fi par toutes les fouffrances du
corps & de l'efprit, je pouvois obtenir la converfion d'une ame! je le demande à Dieu, avec ardeur; & je
vous avoue que je n'y penfe jamais
qu'avec tranfport. Je comprends, à
l'heure qu'il eft, cet endroit du grand
Apôtre, que je trouvois fi incompré-
henfible, quand il demande d'être
anathéme pour fes freres : je confens
auffi à l'être ; oui, mon Dieu, je vous
en conjure, fi c'eft votre plus grande
gloire. Je ne veux rien pour moi, &
fuis préte à me facrifier pour fléchir
votre colere ; mais que puis-je, foible pénitente, qu'ajouter encore tous
les jours à mes péchés, bien loin
d'effacer ceux des autres ? Uniffons
nos prieres ; les vôtres donneront de
la force aux miennes. Parlez à Dieu,
du fond du cœur : faites parler le fang
de Jefus-Chrift ; implorons fa miféri-

corde. Prions, gémiſſons, pleurons ensemble & déſarmons ſa juſtice. Je frémis, quand je vois à quel point eſt montée la corruption : elle augmente tous les jours, & j'ai le cœur déchiré de voir les plus gens de bien ſe laiſſer entraîner au torrent. Le Seigneur nous a délivrés par ſa miſéricorde ; & nous ne pouvons lui mieux marquer notre reconnoiſſance, qu'en le priant de faire la même grace à ceux qui ſont peut-être moins criminels que nous, & qui ſont pourtant dans l'aveuglement.

Aimons avec tranſport ce que nous avons tant offenſé, & prions avec compaſſion pour ce que nous avons tant aimé. Donnons notre cœur ſans aucune réſerve à celui qui devoit le remplir uniquement, quoiqu'indigne de la pureté de ſes regards, après avoir été ſi ſouillé.

LETTRE XXII.

QUe vous me faites plaisir de m'apprendre l'état paisible & tranquille dont vous jouissiez ! l'amitié me le fait partager avec vous, comme s'il me regardoit moi-même. Remerciez le Seigneur de cette heureuse abondance de biens qu'il vous dispense, & craignez moins de les perdre, par rapport à la joie que vous en ressentez, qu'à l'amour de Dieu qu'ils excitent dans votre cœur. Pour moi, j'éprouve combien il est salutaire de s'abandonner entièrement à lui, & je ne me trompois pas de vous dire que cela seul pouvoit me satisfaire. Plus j'avance, & plus je connois que sa miséricorde & sa bonté sont sans bornes.

La Cour s'est raprochée, & je loue Dieu de m'en être éloignée pour ja-

mais. J'entens parler de mille plaifirs,
& je ne puis compter que ceux qui fe
goûtent dans la maifon du Seigneur
& aux pieds de fes autels. Quand je
ne fouffre point je fuis tranquille, &
quand je fouffre je fuis ravie. C'eft un
état bien-heureux fans doute pour
ce monde & pour l'autre. Vous fçavez que je prenois autrefois les chofes bien différemment : perfonne n'en
peut mieux juger que vous , puifque
je ne vous cachois rien depuis quelques années. Mais admirez avec moi
la bonté de Dieu, comme il reçoit
les pécheurs à la pénitence , comme
il les engage par la douceur de fes
bienfaits , à mériter toujours de
nouvelles graces. Les yeux fer-
més , laiffons - nous conduire ;
nous tendons tous au même bonheur, & nous y avons tous les mêmes
droits : les cœurs durs & les cœurs
tendres peuvent être embrafés des

mêmes flammes, & aspirer au même
objet. Je n'en veux pas sçavoir davantage, & cela suffit pour me rendre heureuse autant que je puis l'être
sur la terre : reposons-nous du reste
sur sa miséricorde. Jouissez de votre
solitude, en bénissant le Dieu de
paix qui vous l'a procurée ; & si vous
êtes contraint d'en sortir, ne perdez
pas du moins cette tranquillité déli-
cieuse que Dieu donne à ses amis,
& qu'on cherche en vain dans les
plaisirs du monde. On ne peut être
véritablement heureux qu'en rem-
plissant ses devoirs, & le premier de
tous est de nous conformer à la vie
de Jesus-Christ, qui est notre chef &
notre modéle. Ce n'est point par un
vain intérêt que nous agissions, ni
pour une gloire passagere. Nous sçavons ce qui nous est promis : pour un
peu de peine, une affluence de biens
& d'honneurs immortels ! pour un
tems, une éternité !

Nous fommes bien convaincus l'un & l'autre, par la grace du Seigneur, des grandes vérités de la religion : il nous a infpirés de la pratiquer ; demandons-lui la perfévérance.

Quand il vous plaira recevoir de mes lettres, vous n'avez qu'à me le mander, & je me flatte qu'on me permettra bien volontiers de vous fatisfaire.

LETTRE XXIII.

QUoique notre commerce se soit un peu ralenti depuis quelque tems, je suis persuadée que nous n'en sommes pas moins amis. La charité de Jesus-Christ qui nous unit n'est pas sujette à mille soins extérieurs comme les amitiés ordinaires, & je ne doute point que vous ne pensiez quelquefois devant le Seigneur à une misérable Carmelite qui de tout son cœur, le bénit & le loue des miséricordes qu'il vous fait. Je vous assure que je sens la joie la plus parfaite de l'état tranquille de votre ame : c'est un effet si sensible de la grace du Tout-puissant, surtout, eu égard à la vivacité de votre naturel, que vous ne sçauriez assez estimer votre bonheur. Pour moi qui éprouve un sort semblable, tou-

te criminelle que je suis, j'en connois
mieux le prix qu'un autre. Je suis si pénétrée des bienfaits de Dieu, que je
ne puis rien lui dire à force de reconnoissance & d'amour. Mais comment pouvoir en effet reconnoître
tant de faveur? s'humilier, se soumettre en tout à sa volonté sainte, &
l'aimer plus que nous-mêmes : voilà
quel doit être le fruit de notre reconnoissance : & sûrs qu'il ne nous aban-
donnera pas si nous lui sommes fidéles, avancer avec joie & confiance
dans la voie de la pénitence ; Jesus-
Christ nous en a marqué la route de
son propre sang ; ce n'est qu'en mar-
chant sur ses traces, que nous pour-
rons parvenir au bonheur suprême
de le posséder, de voir face à face ce
Dieu puissant, cet être des êtres,
dont tout est émané, dans lequel
tout se confond & se réunit ; ce Dieu
de bonté & de miséricorde qui fait

F

dans cette vie notre confolation , & qui nous comblera dans l'autre d'une félicité fans bornes. Que de douceurs je trouve à l'aimer & à le fervir ! ce n'eſt pas uniquement pour être heureuſe , mais pour être heureuſe avec lui.

LETTRE XXIV.

PLût à Dieu être auprès de la croix, dans l'état où vous jugez que j'y suis. J'accepte très-volontiers le rendez-vous que vous m'y donnez, & vous promets de vous rendre un compte fidéle des graces que je tâcherai d'obtenir, ou plutôt de celles qu'il plaira au Tout-puissant de m'accorder. Je veux être détachée absolument de tout ce qui n'est pas lui, & je veux l'être de manjére que je sois toute à lui. J'ai entendu sa voix dans le désert; mais hélas, que jusques ici j'y ai mal répondu ! je l'ai même entendue de Babylóne, qui me disoit, *Tout n'est rien, tout passe hors ma parole qui est esprit & vie.* Dans le désert, cette divine voix me crie à tous momens, *Soyez parfaite comme votre Pere céleste est parfait ; soyez*

F ij

fainte comme votre Pere célefte eft faint ; & pour m'encourager, j'entends enfuite : *Quiconque fera victorieux, je le ferai affeoir avec moi fur mon thróne, comme ayant été moi-même victorieux, je me fuis affis avec mon Pere fur fon thróne.* Voilà de grandes chofes, & je fuis au-deffous du néant. Cependant la foi la plus vive me pénetre & m'enflamme; l'efpérance me ravit hors de moi-même, & je défire d'être toute confommée du feu de la charité ; mais il faut penfer à expier fes crimes par la douleur, avant que de fonger à jouir des douceurs ineffables de l'amour de Dieu. Faifons pénitence avec David, fi nous voulons chanter un jour avec lui les miféricordes du Seigneur.

LETTRE XXV.

JE prie l'Esprit saint, qui remplit votre cœur, de m'inspirer quelque chose qui vous édifie.

Vous me reprochez de ne faire aucune part à mes amis des graces que je reçois de la bonté du Tout-puissant ; ce seroit une ingratitude horrible, & je crois comme vous, que je suis obligée de chanter à toute la terre les biens que le Seigneur fait à mon ame. Mais aussi avec quel plaisir je les publie ! Quelquefois je crains de négliger l'intérieur en me répandant trop au dehors ; cependant je ne laisse pas de m'abandonner au plaisir d'exalter la bonté du maître que je sers. Je suis ravie de vous voir dans les mêmes dispositions ; & quoique vous vous plaigniez de la dureté de votre cœur, je découvre pourtant, au milieu de vos plaintes, de ces traits qui expriment si bien la joie d'une ame qui se remplit de plus en plus de l'amour de Dieu !

A l'égard de ce partage que vous vous reprochez dans vos actions, ah, M.... je vous réponds que ce n'est que l'extérieur qui est partagé ; le cœur est tout à Dieu. La paix dont vous jouissez ne suffit-elle pas pour vous tranquilliser sur l'avenir ? Dieu veut nous sauver tous, & nous en procure les moyens dans tous les états. Nous autres foibles créatures, nous cherchons les solitudes ; mais en même tems nous connoissons que ceux à qui la force est donnée pour combattre dans le monde, ont une belle couronne à esperer. Vous êtes de ce nombre ; & ce sera sans jalousie que je vous verrai dans le ciel, bien élevé au-dessus de moi. Pourvû que Dieu soit glorifié, je ne

me foucie point comment fa fainte
volonté foit faite. Je m'y abandonne
plus que jamais ; & je fuis dans une
fi grande tranquillité fur tout ce qui
peut m'arriver , que je regarde la
fanté , la maladie , le repos , le travail, la joie & les peines, d'un même
vifage : je ferme les yeux , & me laiffe conduire à l'obéiflance. Voilà en
peu de mots ce que je fens ; mais
après cela , je fuis obligée de vous
avouer que je me trouve remplie de
plus d'imperfections que je n'étois il
y a deux ans ; c'eft la pure vérité.
Priez Dieu que je fois plus fidéle :
les graces ne me manquent pas ;
mais j'y manque plus que jamais.

LETTRE XXVI.

COmment pourrois-je mieux commencer ma Lettre, qu'en vous rapportant les premieres paroles que notre mere nous a adreſſées ce matin en communauté? Que Jeſus crucifié ſoit toute votre confiance ; ne déſirez & ne cherchez que lui : *Si quelqu'un veut venir après moi, dit-il, qu'il prenne ſa croix, & qu'il me ſuive.* Ah ! quand c'eſt un Dieu plein de douceur & de bonté, qui nous appelle, qui peut encore nous arréter il eſt notre force & notre appui; & content de notre zéle & de notre amour, il rachette nos peines par tant de faveurs & de bienfaits, que nous ne reſſentons que le plaiſir & la joie de ſervir un tel maître. En vérité lorſque j'enviſage cette abondance de graces dont il me comble, je tremble de

n'agir

n'agir que par intérêt. O mon Dieu, préservez-moi de cette baffeffe ; faites que nous vous aimions uniquement pour vous-même, & que nous n'ayons d'autre crainte que celle de vous offenfer. Vous êtes terrible dans vos juftices ; mais vous êtes plus aimable encore que vous n'êtes terrible. Oui, mon Dieu, quand vous m'accableriez, je ne vous en aimerois pas moins ; c'eft un fentiment, que vous & moi, M. devons avoir profondément gravé dans le cœur. Mais je ne fonge pas que je parle à un homme tout plein de zéle & d'amour, & que je ne fuis que foibleffe & langueur : ce n'eft pas que j'ofe m'en plaindre ; je fuis contente de tout ce qui plaît à Dieu : la moindre de fes graces eft encore trop pour moi. Je veux m'abandonner pour le préfent & l'avenir, à tout ce qui glorifiera le plus mon Dieu : je fuis à lui par la

G

création & la rédemption ; mais plus
encore par la volonté. Je ne lui demande que la persévérance à l'aimer.

LETTRE XXVII.

NOtre Mere nous a dit l'état préfent de vos affaires, & il n'é-
toit pas befoin de nous le dire pour
nous obliger à prier pour vous. Nous
le faifons très-foigneufement. Que
ne le puis-je faire avec plus d'ardeur !
mais Dieu veut que je fois quelquefois dans la fécherefle & dans l'abbat-
tement : que fon faint nom en foit
glorifié ! J'ai remis mon fort entre fes
mains pour l'éternité : revenons au
temporel pour un moment.

Je fouhaite de tout mon cœur que
tout vous réuffiffe comme vous l'ef-
perez, & qu'il plaife au Seigneur
que nous puiffions bien-tôt vous re-
voir. Quant à la commiffion que
vous me donnez, je ne puis l'exécuter que je ne fçache de M. de Valentine la fomme qu'il a aux mains ;

il est encore à la Trappe, ou en chemin. A son retour je tâcherai de faire ce que vous désirez, & pour cela
j'emprunterai le secours de quelque
Carmelite prudente & habile : car,
pour ne pas nous flatter, ni vous ni
moi ne sommes guères entendus en
matiere d'intérêt. Pardonnez, si je
vous compare à une personne, dont
la réputation étoit si mal établie, sur
cet article & sur bien d'autres : mais
vous pouvez toujours compter qu'on
fera de son mieux, pour ne pas vous
faire languir. Je remets au premier
jour à vous écrire plus au long. Je
suis dans des dispositions pitoyables,
vous n'auriez aujourd'hui que des
plaintes & des gémissemens ; & ce
seroit abuser de la bonté de votre
cœur. A Dieu, je vous donne le bon-
jour.

LETTRE XXVIII.

JE suis toute disposée à vous obéir, malgré la résolution contraire que j'en avois prise. Il faut sçavoir plier sa volonté à celle des autres, & se détacher de son propre sens ; & je crois que cela coûte peu à la nature quand le cœur ne veut plus être attaché qu'à Dieu. Il a tout fait pour moi ; que ne dois - je pas sacrifier pour lui ? en combien de manieres sa puissante miséricorde n'a-t-elle pas éclaté sur moi ? & quel usage, encore, ai-je fait de ses dons ? Un autre plus fidéle brûleroit avec les Séraphins, & approcheroit de la science des Chérubins ; & moi je rampe sur la terre, je languis dans la tiédeur & dans les ténébres. Humilions-nous; mais ne nous laissons point abbattre. La bonté de Dieu ne seroit pas si miraculeufe à mon égard , fi j'avois quelque mérite ; & il faut dire , dans le même fens que l'Apôtre , *Je me glorifie dans mes infirmités*.

Vous me félicitez d'aimer le Seigneur : je vous avoue que je me laiffe aller quelquefois à le croire ; & fi j'ofois, dans ces momens-là, je lui dirois ces grandes paroles de faint Auguftin, *Oui, mon Dieu, je fuis sûre que je vous aime* : mais fouvent, l'Inftant d'après , je vois le contraire dans les plus petites occafions. Quelle mifére profonde ! Qui me délivrera de ce corps de mort , dont la pefanteur m'accable ? ce fera mon Seigneur & mon Dieu , puifque j'ai une fi forte efpérance en lui , que rien ne l'affoiblit, & que tout l'augmente.

Efperer & croire , ce font deux grandes vertus ; mais qui n'a point la charité , n'a rien : il eft comme une plante ftérile , que le foleil n'éclaire

point. Quand je dis, avec faint Paul,
Qui me féparera de la charité de Jefus-
Chrift ? Je me réponds dans le moment, Rien, rien au monde, ni dans
le ciel, ni fur la terre ; & quand il
me femble que je le dis de toute la
plénitude de mon cœur, je fens quelques mouvemens de joie : mais hélas!
d'un autre côté, que de fujets de m'affliger & de m'humilier à tous momens !

Voici le jour qui approche, auquel le S. Efprit doit fe communiquer à nous. Il vient tout rayonnant
des feux de la charité divine ; pré-
parons-nous à le recevoir, courons
au-devant de lui, ouvrons-lui la
porte de nos cœurs, & qu'ils foient
comme autant de fanctuaires vivans
confacrés à fa Divinité. Si nous fommes reffufcités avec Jefus - Chrift,
cherchons ce qui eft dans le ciel, où
Jefus-Chrift eft affis à la droite de

Dieu fon pere, & n'ayons d'affection
que pour les chofes du ciel. Mon
ame glorifie le Seigneur, & mon efprit s'eft élevé jufqu'à lui , parce
qu'il a daigné s'abbaiffer jufqu'à moi.

P. S. Nous ferons vos commiffions
le plus promptement que nous pour-
rons. Je fçais le plaifir que fait la di-
ligence , quand nous avons envie de
quelque chofe.

LETTRE XXIX.

SI j'étois plus humble, je vous laiſ-
ſerois croire que c'eſt par négligence que je ſuis encore à m'acquitter
de votre commiſſion ; mais je ne puis
vous cacher l'impoſſibilité où je ſuis
de rien réſoudre , ſans ſçavoir ce que
M. de Valentine a pour vous aux
mains , & ſans avoir un ordre pour
le retirer. Madame de Valentine ne
ſçait rien du tout de cette affaire ;
elle doit en écrire à ſon mari. Inſ-
truiſez-moi du fait , ordonnez , &
vous ſerez obéi. On dit que vous êtes
fort ſatisfait de la vente de votre
charge. Madame de Valentine m'a
conté le détail de la négociation , &
il me paroît que vous devez remercier Dieu de la maniere dont tout
s'eſt paſſé. Il faut croire que vos amis
ont fait de leur mieux. Pour moi qui

fuis la moins capable , & peut-être la
plus zélée , je continuerai toujours à
vous donner des marques de mon
fincere attachement. J'ai tant d'envie
de vous voir & de vous entretenir ,
que je fuis prête à prendre l'envie
que j'en ai , pour le preffentiment.
Je ne puis plus vous écrire comme
j'ai fait par le paffé ; mais je fens bien
que dans la converfation, je ne man-
querois pas de chofes à vous dire.

LETTRE XXX.

Disons à la gloire du Seigneur, que sa bonté s'étend sur tout ce qui respire, & que sa miféricorde n'est bornée ni par la grandeur du péché, ni par les tems : nous l'éprouvons l'un & l'autre d'une maniere admirable ; il nous éclaire fur nos propres miféres, pour nous faire mieux connoître fa grandeur & fa toute-puiffance. Heureufe l'ame qui eft toute pénétrée du défir de méditer fans ceffe la loi du Seigneur ! Plus on approfondit le néant de la créature, plus on admire les tréfors de fa fageffe. Que fon joug eft doux à porter ! Mais à qui daigne-t-il infpirer ces penfées ? à vous & à moi ? déchirons le voile qui nous cache à nous-mêmes, & ofons nous envifager tels que nous fommes. Pardonnez la comparaifon ; je fçais que mes crimes furpaffent de beaucoup les vôtres ; mais tout ce qui offenfe Dieu n'eft-il pas criminel ? Jettons les yeux un moment fur la vie du monde ; qu'y verrons-nous, qu'un enchaînement déplorable d'erreurs, de folies & de défordres, qui conduit jufqu'à l'oubli du Créateur ?

Béni foit à jamais le Pafteur éternel qui eft venu chercher fes brebis dans un pays fi éloigné des pâturages fertiles, où il les veut conduire ! hâtons-nous, avançons ; je vois briller l'étoile du falut, l'ange du Seigneur m'accompagne, fon efprit me guide, fon amour me tranfporte, je ne tiens plus à la terre : il me femble que la vertu du Tout-puiffant m'enléve ; mais que dis-je, malheureufe ? hélas ! à peine j'ai fait un pas, que je retombe accablée fous la chaîne du péché :

& vous croyez marcher trop lente-
ment ! vous me faites trembler.

Si je voulois vous rendre compte
de l'état où je fuis, je ne pourrois
vous dire autre chofe de moi, que ce
que vous me mandez de vous-même.
Ces diftractions continuelles que
vous éprouvez, & ces attraits qui
vous ramenent fans ceffe à la préfence de Dieu, font deux difpofitions qui paroiffent bien oppofées :
mais qui peut nous dire en quel tems
nous fommes plus agréables à Dieu?
Que fçavons-nous fi le premier état
n'eft point une pénitence qui nous eft
impofée pour fatisfaire à toutes nos
diffipations paffées ? Vous avez laiffé
là, pour plaire à Dieu, tout ce qui
peut flatter l'efprit & les fens ; mais
prenez garde que l'envie que vous
avez d'abandonner les occupations,
où votre état vous engage, ne vienne d'une fource moins pure, & que

ce ne soit pour l'amour de vous-même. Il est bien-aisé de quitter de pa-
reils soins, quand on en a abandon-
né tant d'autres qui sont si sen-
sibles. Quelquefois ce que nous
croyons nous être le plus utile, est ce
qui nous nuit davantage. Aveugles
que nous sommes, est-ce à nous de
vouloir pénétrer les desseins de
la divine Providence ? O abîme de
richesses ! ô profondeur de sa-
gesse & de science ! que vos juge-
mens, ô mon Dieu, sont incompré-
hensibles ! Laissons-nous conduire,
sans vouloir choisir le chemin. Aban-
donnons à Dieu le soin de nos intérêts, & ne pensons qu'à l'aimer : s'il
demande beaucoup de nous, le Seigneur est magnifique dans ses dons;
c'est pour nous le rendre au centuple. Aimons, aimons Dieu de toute
notre ame, & ne nous mettons point
en peine du reste : avec ces sentimens

tout nous paroîtra facile ; nous recevrons avec la même joye la féchereffe & l'abondance, le repos & le travail. Dans quelque état que nous foyons, préfentons - nous avec une humble confiance. Tout eft grand devant Dieu, quand la charité conduit : marchons avec courage; fi le Seigneur eft pour nous, qu'avons-nous à redouter?

LETTRE XXXI.

MOnfieur le Marquis de Bellefond nous a demandé une Lettre pour vous, de fi bonne grace, & avec tant d'envie de l'obtenir, que fans vouloir mal à l'un & à l'autre, il n'étoit pas poffible de la lui refufer.

Si vous pouviez voir à quel point je défire votre perfection, & comme je me réjouis des graces que vous recevez, vous m'en aimeriez fûrement davantage. Je fouhaite votre fanctification comme la mienne propre ; & cela me fait prendre des libertés, en vous écrivant, qui ne conviennent point à une humble pénitente qui n'a ni vertus ni lumieres ; mais que dis-je ? de lumieres ! je ne vois cependant, hélas ! que trop clairement que le vice tient encore une place, que la vertu devroit feule occuper ;

cuper ; mais je n'en suis pas moins
sensible au plaisir d'apprendre qu'en
vous faisant pratiquer sa loi, le Seigneur vous en fait goûter les douceurs. Si je l'aimois comme je le
dois, si son amour régnoit souverai-
nement dans mon cœur, il absor-
beroit toute autre pensée : je ne ver-
rois, je ne sentirois, je ne respirerois
plus que mon Dieu. Mais quoi ! je
serois trop heureuse sur la terre ; & ce
bonheur n'est réservé qu'à ceux qu'il
a délivrés des miséres de cette vie, &
qu'il appelle à lui pour couronner
en eux le mérite de ses dons. Eh !
qui suis-je moi, & qu'ai-je fait encore,
pour oser aspirer à voir si promptement la fin de mes maux ? Je ne puis
arriver à Dieu, après l'avoir tant offensé, que par la plus rigoureuse pénitence : c'est pourquoi je le prie de
me remettre sans cesse mon péché
devant les yeux , comme l'objet le

plus capable de m'humilier, & de me
confondre ; & cependant que j'é-
prouve de confolations dans mes peines , & que je fens de douceurs &
de plaifir à l'aimer !

LETTRE XXXII.

IL eſt bon, dit le Prophéte, *de met-tre ſa confiance en Dieu plutôt que dans l'homme.* Vous éprouvez la véri-té de ces paroles, puiſque vous êtes en paix dans un état, qui, ſelon les apparences, devroit beaucoup vous ennuyer. Heureux l'homme vérita-blement ſoumis à Dieu, ou du moins heureux celui qui s'y ſoumet de tou-te ſa puiſſance ! il reçoit dès cette vie la récompenſe que le Seigneur promet à ceux qui lui ſont fidéles : c'eſt cette paix que le monde ne peut donner, puiſqu'il ne la connoît pas ; cette paix plus déſirable que tous les plaiſirs de la terre, & qui eſt un avant-goût de ceux de l'éternité.

O divine charité ! deſcendez ſur nous, embraſez nos cœurs, enlevez-nous de ce lieu d'exil, & nous rendez

à notre véritable patrie ? Que j'ai
d'impatience d'y arriver ! cependant
que la volonté du Seigneur soit faite,
je ne refuse point le travail : ce n'est
pas à moi de le craindre , puisque je
viens de sentir si pleinement la grace
& la puissance du Seigneur sur
la foiblesse de sa créature. Mon frere
est mort très-promptement , & dans
un âge où l'on espere de vivre long-
tems. Que vous dirai-je là dessus des
bontés du Seigneur ? dans le moment
où la nature se montroit très-vive ,
je me suis sentie, par sa miséricorde,
prête à lui sacrifier de ma propre
main ce que j'ai de plus cher au monde. Je sens qu'on peut tout par sa
grace : eh bien! puisque Dieu permet
que rien ne soit détruit en moi , pour
me tenir dans la crainte de moi-même , & pour augmenter mon esperance ; acceptons avec joye tout ce
qui vient de Dieu , comme autant

de gages qu'il nous donne de notre salut.

Nous avons une de nos sœurs qui se meurt du poulmon, (son nom est Anne de Jesus.) Vous l'avez vûe à feue Madame. Rien n'est plus admirable, ni plus consolant, que de voir la paix dont elle jouit dans de très-grandes souffrances. Elle a vécu six ans & demi d'une vie toute pleine de croix, & elle n'en a jamais assez à son gré : elle voit venir la mort tranquillement, & compte pour rien tout ce qu'elle a souffert. L'on peut dire d'elle avec justice, que devant Dieu la mort de ses Saints est précieuse. Je n'ai pas le tems de m'étendre davantage ; mais pour finir dans le même sens que j'ai commencé, concluons qu'il est bien plus sûr de mettre son espoir en Dieu, que dans les Princes de la terre.

LETTRE XXXIII.

LA maladie de notre Mere continue toujours; elle est au sept de sa fièvre : elle a trois à quatre redoublemens tous les jours , enfin nous ne sçavons plus où nous en sommes ; cependant le médecin nous fait esperer , & de plus je sçais qu'il faut esperer contre l'esperance. Je suis vivement touchée de son état , & vous pouvez croire que ma sœur Anne-Marie a besoin de toute sa vertu pour n'en être pas accablée. Elle vous a écrit , il y a deux ou trois jours , & me charge de vous assurer qu'elle n'auroit pas manqué de vous donner exactement des nouvelles de la situation de notre Mere , si nous ne l'avions pas fait. Je crois que vous en êtes dans une grande inquiétude : je ne sçaurois vous en blâmer ;

car c'eſt une fille admirable , & en
vérité ſa grande vertu eſt digne du
Ciel ; mais la terre en a encore beſoin pour nous ſanctifier. Ne vous
effrayez pourtant pas , elle - même
croit en revenir. Eſperons en Dieu,
& prions pour elle.

LETTRE XXXIV.

GRaces à Dieu, notre Mere se
porte un peu mieux. Sa fiévre
est toujours continue ; mais elle est
bien diminuée, & il n'y a plus aucun
accident à craindre. C'est une nouvelle sans doute fort agréable pour
vous, & nous avons crû ne pouvoir
trop tôt vous la donner : nous aurions trop perdu ; c'est une fille d'une
sainteté & d'une vertu si extraordinai-
res, que pour la gloire du Seigneur,
l'on doit souhaiter que ce soit sa volonté de la laisser encore pour perfectionner les autres. Je vous avoue que
dans cette occasion, j'ai senti ce naturel tendre que vous me connoissez :
mais je n'en suis point en peine ; je le
remets entre les mains du Tout-puissant pour me l'ôter s'il lui déplait, ou
bien pour m'en faire faire l'usage qui
lui

lui fera le plus agréable : je dois cependant me craindre & veiller fidélement fur moi : au refte tranquillifez-vous ; nous continuerons à vous informer de l'état de notre Mere , * & nous unirons nos priéres aux vôtres.

* C'étoit une fœur du Maréchal.

I

LETTRE XXXV.

ENfin le Seigneur, par fa bonté, nous a rendu notre Mere : elle eſt allée à la Meſſe le jour de la Nativité de la très-ſainte Vierge. Si nous avons ſenti vivement le danger de ſon état, nous devons ſentir plus vivement encore la grace que Dieu nous a faite, & le remercier de toute l'abondance de notre cœur.

Ma ſœur Anne-Marie de Jeſus *, entre demain en retraite : elle vous demande un peu de part dans vos priéres, & vous promet de n'en être point ingrate ; c'eſt-à-dire, qu'elle veut ſe ſervir de vous pour vous être utile à vous-même, & vous mériter de nouvelles faveurs.

Nous ſouhaitons que vous ſoyez bien-tôt quitte de votre rhume : vous

* Elle étoit fille du Maréchal.

en aurez la tête plus libre pour vous
occuper de Dieu, & la main aussi pour
nous donner de vos nouvelles : nous
l'attendons de votre charité ; & si le
Seigneur nous accorde quelque grace, nous la partagerons avec vous par
zéle & par reconnoissance.

Ce 12 Septembre 1677.

LETTRE XXXVI.

VOus avez dû voir par tout ce que je vous ai mandé, pendant la maladie de notre Mere, que je n'étois pas si fortement attachée à la spéculation, que je ne me sentisse encore un cœur sensible dans les occasions.

Je vous avouerai que j'ai éprouvé des mouvemens de crainte & de tendresse si pressans, que j'en étois toute troublée. J'ai tâché de connoître d'où venoient ces sentimens, & j'ai cru qu'il n'y avoit que la nature qui craignoit de perdre une personne si accomplie. Cependant la grace m'a toujours dit : Dieu est ta consolation, mets en lui ton unique espoir, tout le reste n'est rien. Vous seul me suffisez donc, ô mon Dieu, dans le tems & dans l'éternité. Je renonce à

toutes les confolations du monde, & je
ne connois plus dans cette vie d'autre
peine que la crainte de l'offenfer : ce
n'eft pas que je n'aye continuellement à gémir d'une foule de foibleffes
& de miféres, qui renaiffent comme de mauvaifes plantes à mefure
que je les détruis ; mais puifqu'elles font en moi, je loue la bonté divine de ce que je les vois : cela me
donne lieu de m'humilier à tous momens fous la main du Seigneur ; &
c'eft en m'humiliant devant lui, que
je m'éleve au-deffus de ma foibleffe,
& que je recouvre de nouvelles forces. Je parle à Dieu dans le filence
de mon cœur : je l'appelle, & il vient
à mon fecours : il me parle, & fes
paroles font des paroles de douceur
& de vie, qui confolent mon ame, &
qui la rempliffent de confiance & d'a-
mour.

J'éprouve à préfent ce que vous

I iij

m'avez tant de fois répété , que plus on s'attachoit à Dieu & plus on trouvoit de plaisir à l'aimer ; mais comme vous l'avez éprouvé vous-même , & qu'avec des dispositions plus heureuses, vous avez commencé bien avant moi , vous touchez au point de la perfection , que je ne puis que la désirer : vous faites maintenant tout naturellement pour Dieu , ce que je ne puis faire pour moi-même , sans le secours continuel de la grace. Demandons - la humblement au Seigneur ; & vivons autant dans la défiance de nous-mêmes, que dans l'attente de ses bontés.

Ce 20 Février 1677.

LETTRE XXXVII.

VOus avez fait une épreuve fur la mort, qui me fortifie dans la penfée où j'étois, qu'il y a toujours quelque chofe en nous qui tremble à fon afpect ; & cependant pénétrée du plus ardent défir de voir détruire ce corps de péché, mon cœur eft prêt à crier à tous momens : Seigneur, Seigneur, tirez-moi pour jamais de cette prifon obfcure, où je ne fais que des œuvres dignes de votre haine. Mais dans la crainte que l'amour propre n'ait autant de part à ces défirs que la charité, je dis à l'inftant : Seigneur, mon fort eft dans vos mains, je m'abandonne abfolument à vous.

Nos vûes font fi bornées, nous fommes fi foibles que tout nous arrête. Laiffons donc à Dieu le foin de nous applanir les voyes, par lefquel-

les il veut nous conduire. Nous n'a-
vons à proprement parler rien à faire ;
nous n'avons qu'à détruire ce qui s'op-
pose en nous à ses desseins. Réprimons
nos passions, abaissons, mortifions cet
esprit d'amour-propre, qui veut toujours régner ; & si le vieil homme
parle encore, il faut l'enchaîner d'un
triple lien qui ne puisse se rompre ;
opposer à son orgueilleuse volonté
l'humilité, la patience & la charité.

Dans quelque état que nous soyons,
nous pouvons également travailler à
notre sanctification. Ce n'est ni la
santé, ni la maladie, ni la tristesse,
ni la joie, qui peuvent nous rendre
agréables à Dieu : c'est l'usage que
nous en faisons. Quand notre corps
seroit comme celui de Job, couvert
de plaies, & gissant dans la poussie-
re, Dieu sçait proportionner les
châtimens au crime, & le courage
à la foiblesse. Disons-lui dans l'a-

bondance de nos larmes, *Seigneur*, *délivrez-moi* ; ou dans les transports de notre amour, *Seigneur*, *mettez-moi près de vous* ; & *quelque puissant que soit l'ennemi qui m'attaque, je suis prêt à combattre.*

Notre ame est-elle comme affaissée sous le poids des souffrances, & presque réduite au désespoir : transportons-nous au jardin des olives ; suivons-y Jesus-Christ, traîné ignominieusement, le corps percé, déchiré, tout sanglant ; & par cette foiblesse si douloureuse du Fils de Dieu, nous recouvrerons de nouvelles forces. Mais si l'ennemi nous attaque de nouveau, où irons-nous ? à la Croix, où cet homme-Dieu, attaché par le péché des hommes, & délaissé de sa propre puissance, nous mérite des graces contre lesquelles tout l'enfer ne peut rien. O Croix de mon Sauveur, adorable Croix ! je t'embrasse ;

je m'attache à toi toute entiere pour
lui être unie à jamais ! O Croix
triomphante ! ô jour de miséricorde ! le régne du péché est aboli , le
tems de grace est arrivé , & la nature
est reparée. Nous étions assis dans les
ténébres & dans l'ombre de la mort,
la lumiére a percé l'abîme , & nous
voyons le jour du Seigneur. Je vois
sa Croix , comme un trophée de vic-
toires , s'élever jusqu'aux nues ; je le
vois lui-même assis à la droite de
Dieu son Pere , tout rayonnant de
gloire & de lumiére : qui me donnera des aîles pour voler jusqu'à
lui ? Mais toute notre force ici bas est
dans la Croix de Jesus-Christ : ar-
borons ce glorieux étendart : entrons
dans la voye : j'y cours , le souffle
de Dieu m'emporte ; je l'ai parcou-
rue ; je touche au but. Jérusalem ,
ouvre tes portes : portes éternelles ,
ouvrez-vous ; & vous , Ministres du

Très-haut , prefentez-moi devant
fon thrône , que je l'adore , que je
le contemple , que je m'abforbe en
lui ; & qu'enivrée des délices de
fes Saints , je ne ceffe de chanter
avec eux dans l'éternité fes louanges
& fes miféricordes.

Je vous avouerai qu'il eft des momens , où la grace agit fi puiffam-
ment en moi , que je fuis comme
tranfportée hors de moi-même , que
je ne me connois plus. Faut-il que
mon efprit foit enfermé dans un
corps fi fragile & fi plein d'imperfections? Tout ce que je pouvois efperer du Seigneur , c'eft qu'il me fit
miféricorde ; & je fuis comblée de
fes graces ! Je devois gémir toute ma
vie fous la main du Tout puiffant ;
& il ne l'étend fur moi que pour réjouir mon ame par fes bienfaits !
Mais que notre penfée eft prompte
& facile à fe laiffer féduire ! Je puis

prendre pour tranfport de reconnoiffance & d'amour, ce qui peut-être
eft l'effet de la préfomption, & d'une
complaifance criminelle. J'ai donc à
remercier Dieu de tous les états par
lefquels il me fait paffer ; & je ne
dois pas moins le glorifier lorfqu'il
abaiffe mon ame fur fa propre foibleffe, pour me tenir dans le refpect
& dans le filence, que lorfqu'il l'é-
leve & la fait triompher. Adieu :
continuez-moi toujours vos bontés,
& penfez que je ne reçois aucune
grace à laquelle vous n'ayez part,
& dont je n'attribue le mérite à vos
foins & à vos priéres.

Ce 4 Mars 1677.

LETTRE XXXVIII.

JE commence demain une retraite où j'efpere , par la miféricorde de Dieu , recevoir de nouvelles graces & de nouvelles lumiéres. Plus on a reçu de fa bonté infinie , & plus il femble qu'on a lieu d'en efperer. Je ne lui demande pas de ces grands dons qui ne font faits que pour les grandes ames qu'il a mifes dans le monde pour l'éclairer ; je ne pourrois pas les contenir : mais je lui demande *qu'il incline mon cœur*, felon fa parole , à rechercher fa loi , à la méditer nuit & jour ; qu'il m'exerce dans fa juftice pour me rendre plus digne de fa miféricorde ; qu'il retranche de mes jours ces jours de honte & d'opprobres , où je n'ai vécu que pour l'outrager.

Seigneur, détournez mes yeux des

vanités du monde, fermez-les pour jamais à tout ce qui peut me diftraire de votre fainte loi. Ne vous éloignez pas, ô mon Dieu ! fi vous m'abandonnez je ne verrai plus que mes crimes. Je fuis pénétrée de crainte & d'horreur : demeurez avec moi ; que deviendrois-je fans vous ? foutenez-mon corps tremblant, affermiffez mes pas, & conduifez-moi dans la voie de la paix.

Et vous qui m'avez arraché de la ville de perdition pour me tranfporter dans la cité fainte, foyez fidéle à vos promeffes : invoquez fans ceffe pour moi le Dieu des miféricordes, pendant que je ne cefferai de lui demander des graces pour vous. Mon falut eft attaché au vôtre ; ne féparons point nos intérêts.

Ce 6 Avril 1677.

LETTRE XXXIX.

LA fin de votre Lettre nous a-
voit donné beaucoup de fatif-
faction ; mais nous avons bien penfé
que ce n'étoit pas là tout ce qui nous
revenoit. Je l'ai prife & retournée fur
tous les fens pour en trouver le commencement, fans en pouvoir venir à
bout. Vous y avez heureufement fup-
pléé en nous la renvoyant toute entiere ; & nous aurions trop perdu de
n'en avoir qu'une partie. Elle eft remplie de fentimens qui expriment
mieux que toute l'éloquence du monde, les charmes de la vertu, & les
folides douceurs de la vie cachée.
Vous y ajoutez des réflexions fi fa-
ges & fi raifonnables fur l'inftabilité
des chofes humaines, qu'il faut en
verité que les hommes foient bien
fous & bien aveugles de fe donner

tant de peines & d'inquiétudes pour la vie , quand chaque inftant les approche de la mort.

Je loue Dieu de tout mon cœur des graces dont il vous comble ; & je le prie d'avoir pitié de nous , felon l'étendue de fa grande miféricorde.

Ce 18 Janvier 1678.

LETTRE

LETTRE XL.

NOus avons appris avec douleur que vous êtes retombé dans ces rhumes affreux qui vous avoient mis la mort si avant dans l'esprit. Ne vous abandonnez point à ces idées, qui malgré la plus parfaite résignation à la volonté de Dieu, ne laissent pas de troubler la nature. Quelques efforts que l'on fasse sur soi-même, l'esprit préoccupé de la crainte ne voit que le danger, sans penser que la main qui l'afflige est celle qui va le sauver. Sans doute la mort est d'autant plus redoutable, qu'il est terrible de tomber entre les mains d'un Dieu vengeur ; mais il ne faut pas que cette crainte captive tellement notre pensée, qu'elle nous rende incapables de tout autre sentiment.

K

Nous ne méritons rien par nous-mêmes, il est vrai, nous sommes des enfans de colére ; mais le sang de Jesus-Christ, qui coule encore pour la rédemption du monde, appaise le courroux du Pere éternel : je l'entends qui lui dit, *Et les miens sont tous les vôtres., & les vôtres sont les miens. Pere Saint, je vous en conjure par votre nom, conservez ceux que vous m'avez donnés, afin qu'ils soient un avec nous.* Ah ! si nous avons à craindre, nous avons encore plus à espe-rer. Elevons notre esprit à Dieu ; at-tachons-nous si fortement à lui par l'amour, que nous soyons toujours prêts à quitter ce corps périssable, qui n'est que l'ombre de la vie. Mais ce qui coûte le plus à l'homme, est-ce la dissolution d'un corps qui n'est que misères & qu'infirmités ? c'est de se séparer du monde, auquel il tient par autant de liens, qu'il y a d'objets qui

le féduifent & qui le charment. Malheureux de ne pas confidérer que le
monde entier périra , & que fon ame
va paroître feule devant le Dieu qui
doit la juger ! Par la miféricorde du
Seigneur la grace a rompu tous les
attachemens qui nous retenoient au
fiécle , & vous pouvez dire maintenant avec faint Paul , *Puiffe mon corps
fe diffoudre, & mon ame fe réunir à Jefus-Chrift.*

Ce 8 Mai 1678.

K ij

LETTRE XLI.

NOus vous fouhaitons pour l'année, où nous allons entrer,
plus que tout le monde ne peut
vous donner, & ce que vous pouvez obtenir vous - même par vos
priéres ; je veux dire le don de la
perfévérance jufqu'à votre dernier
moment.

Jefus vient de naître, allons lui
offrir nos hommages & nos adora-
tions. Confiderons ce divin Enfant
dans cet état d'abaiffement & de pauvreté, dans lequel il vient au monde ;
& pénétrés de refpect, d'amour &
de reconnoiffance, humilions-nous
profondément devant le Saint des
Saints qui n'a pas dédaigné de prendre un corps fragile & mortel, femblable au nôtre, pour partager un

jour avec nous fa gloire & fon im-
mortalité. Quel excès de tendreffe
& de bonté ! ô mon Dieu ! à quel
point vous nous avez aimés ! vous
avez voulu nous délivrer de la mort
du péché ; mais vous l'avez voulu
d'une maniére à nous ravir & à nous
confondre. Ce n'a été qu'en envoyant
votre Fils unique & bien-aimé aux
fouffrances, aux perfécutions & à la
mort même la plus ignominieufe,
que ce grand œuvre a pu s'achever.
Il vous en a plus coûté pour nous ra-
cheter que pour nous créer ! gloire
vous en foit rendue, ô mon Dieu,
dans tous les fiécles des fiécles ; &
malheur à nous, fi nous n'en pro-
fitons pas.

Quel exemple, Monfieur, quel
modéle ! & comment fe peut-il faire, que pénétrée comme je le fuis
de tout ce que je vois, je me com-
porte d'une maniére fi oppofée dans

tout ce que je fais ? Etonnée de cette monftrueufe différence , je me demande quelquefois s'il eft bien vrai que je crois ; & je fuis honteufe de me trouver une foi fi vive , & un cœur fi foible & fi lâche. Hélas ! me dis-je enfuite , d'où vient cette foibleffe & cette impuiffance ? je n'aime donc pas mon Dieu ? mais comment cela peut-il être encore , puifque je fuis prête à donner tout mon fang pour fceller ma foi & mon amour ? Quel funefte obftacle s'oppofe donc à ma volonté ? je défire fincerement de faire le bien ; je crois , j'aime , & je ne puis faire ce que je défire ! Mais je le fens , & j'en gémis amérement devant Dieu ; l'origine du mal eft dans la corruption de la nature. Quelque effort que faffe l'ame , pour atteindre jufqu'à fon Créateur , le corps fujet à mille infirmités l'attire toujours à lui , l'abaiffe , la domine

& lui communique ſes imperfections : & comme Dieu, par ſa vertu
toute-puiſſante, n'a pu ſe ſoumettre
aux humiliations, aux ſouffrances &
à la mort, ſans ſe revêtir en quelque ſorte de notre foibleſſe ; ainſi
l'homme déchu de ſon premier état,
& devenu l'eſclave du péché , ne
peut s'élever à Dieu par ſa propre
force juſqu'à ce qu'il ſoit dépouillé
du corps de mort qui l'environne.

Sans doute Dieu nous a laiſſés dans
cette dépendance , pour nous faire
mieux ſentir à tous momens le beſoin que nous avons de ſa grace, pour
nous inviter à la lui demander , &
afin de s'attirer de plus en plus par ſa
bonté notre confiance , & notre a-
mour par ſes bienfaits. Quelques chagrins , quelques peines que nous
éprouvions , nous avons une reſſource
toujours prête , qui ne peut nous manquer, puiſqu'il nous eſt permis d'invo-

quer le nom du Seigneur : nos peines
paſſent avec les objets qui les cauſent,
& la douceur de ſes conſolations nous
reſte. Que ne dois-je point au Seigneur pour tous les biens que j'en ai
reçus ? avec quel plaiſir je vous en
entretiendrois ! je ne finirois jamais
ſur ſes louanges ; mais j'entends ſon-
ner la cloche qui m'appelle pour les
chanter. Adieu.

LETTRE

LETTRE XLII.

NE prenez pas, je vous supplie, comme un reproche ce que Madame la Marquise de Sepville vous dira de ma part. Bien loin de me plaindre de votre silence, j'en admire la cause, & je loue fort votre application à éloigner tout ce qui peut vous distraire un moment de la présence de Dieu. Les entretiens des hommes sont vains : la parole du Seigneur est seule digne d'être écoutée. Dites-lui vos peines secrettes ; ouvrez-lui votre cœur: répandez toute votre ame devant lui, & vous ressentirez bien-tôt les effets de sa présence. *Je me suis écrié*, dit le Prophéte, *vers le Seigneur au fort de mon affliction, il a été sensible à ma plainte, & mon cœur s'est dilaté dans l'abondance de ses dons.*

L

J'entre en retraite le vingt-cinq de
ce mois ; mais que me fert-il d'y entrer fouvent, fi je n'en fors jamais
plus parfaite. Demandez à Dieu qu'il
crée en moi un cœur pur, qu'il re-
nouvelle dans mon intérieur cet efprit de droiture & d'innocence que
l'efprit impur a corrompu, & qu'il
change toutes mes affections en a-
mour ; afin que déformais je ne vive
plus qu'en Jefus-Chrift, qui eft la
voie, la vérité & la vie.

Ce 5 Février 1678.

LETTRE XLIII.

SErvez-vous de la liberté que Dieu vous a donnée : vous voyez qu'il l'exige de vous, & sortez du lieu où vous êtes : il est pernicieux pour votre santé ; depuis que vous y avez demeuré, vous avez toujours été mal. Revenez promptement ici : je ne doute point que ce ne soit la volonté du Seigneur : que sçavons-nous ce qu'il veut faire de vous ? suivez le conseil de vos amis ; vous en avez grand nombre qui désirent votre salut comme vous-même. Vous ne courez aucun risque en le suivant ; & pour ce qui regarde le temporel, dans l'état où sont les choses, je vous répons que cela n'y peut nuire : encore une fois quittez votre propre jugement, & suivez humblement ce-

L ij

lui des autres. Je vous avoue que je suis en peine de vous. Je prie Dieu qu'il vous conduise en paix dans toutes ses voies.

Ce 15 Juin 1684.

LETTRE XLIV.

J'Ai senti si vivement le dernier
événement qui s'est passé dans le
pays où vous êtes, que j'ai eu à m'en
humilier devant Dieu ; & en même
tems j'ai admiré sa bonté qui vous
donne des sentimens plus parfaits.
J'espere le pardon d'une faute qu'un
reste d'orgueil a produit dans une
occasion qui touche le meilleur de
mes amis. Je laisse à notre Mere &
à ma sœur Anne-Marie de Jesus, à
vous parler selon leur piété ordinaire : pour moi qui me sens encore
toute vivante dans le cercueil de la
pénitence, je ne dois plus penser au
monde que pour me plaindre amérement d'y avoir été, & ne songer
à la vie, que pour déplorer le mauvais usage que j'en ai fait.

L iij

Ufons des chofes du monde, comme nous l'ordonne l'Apôtre, & que
rien ne nous fépare jamais de la charité de Jefus-Chrift.

Ce 11 Juillet 1688.

LETTRE XLV.

REndons graces à Dieu des dispositions qu'il met en vous ; cependant quelque imparfaite que je fois , comme vous le pouvez juger aifément , je ne laiffe pas de voir mieux fur mes amis que fur moi-même.

Ma fœur Anne-Marie nous a fait part de votre Lettre , où nous avons trouvé de grands fujets d'édification : je n'y vois qu'une chofe à craindre pour vous ; c'eft ce défir de retraite , auquel je ne crois pas qu'il foit encore tems de vous arrêter. Dieu vous en ouvrira la porte fi c'eft par ce moyen qu'il veut vous perfectionner ; mais felon les apparences il choifira d'autres voies : ainfi votre état préfent doit feul vous occuper. Demandez-lui humblement

L iv

des lumieres pour vous guider dans ce que vous devez faire , & défiez vous de vous-même. *Mon cœur* , dit le Prophéte , *s'eſt obſcurci* , & l'on ſuit bien plutôt ce qu'il inſpire que ce que l'on doit : il y a en nous un fond d'amour-propre, qui ſçait ſi bien tourner toutes nos penſées , que nous ne faiſons preſque jamais que ce qui nous plaît , & de-là vient que nous croyons très-ſouvent agir pour Dieu, tandis que nous n'agiſſons que pour nous-mêmes.

Je vous ai prié pluſieurs fois de n'avoir point d'indulgence pour moi, & je vous prie maintenant de n'en avoir point pour vous : mais quand vous réduiriez votre corps en ſervitude, ce n'eſt rien ſi vous n'y réduiſez pas votre eſprit. Captivez votre entendement ; faites la volonté des autres plutôt que la vôtre , quand elle devroit vous tromper. La ſoumiſſion

vaut mieux que toutes nos lumieres,
parce qu'elle nous rapproche de l'humilité de Jesus-Christ ; mais je retombe encore à faire le Directeur,
& je m'apperçois même que je le
fais durement ; je vous en demande
pardon. Je vous dis ce que je dois me
dire sans cesse à moi-même ; mais on
s'oublie quelquefois volontiers pour
ses amis, & quand on n'a qu'une même foi, qu'un même amour, qu'une
même espérance, je crois qu'il est
permis de confondre ses intérêts.
Priez Dieu qu'il veuille régler mon
esprit & mon cœur, & je vous promets de ne rien négliger pour vous
obtenir de sa bonté le don de la
persévérance.

P. S. Quand je vous ai parlé de
retraites, je n'ai point voulu parler
de retraites particulieres, & sur-tout
de celles que vous faites avec M.
de Grenoble. C'est le dessein de

vous y confacrer entierement , fur-
tout dans ce tems-ci, que nous n'ap-
prouvons pas.

Ce 11. Mai 1686.

LETTRE XLVI.

IL y a long-tems que, par la grace de Jefus-Chrift, je fuis bien perfuadée & convaincue du néant des chofes du monde ; mais ce n'eft point affez fi je ne m'occupe uniquement des chofes du ciel, & malheureufement, tant que l'ame eft unie au corps, nous tenons toujours par quelque endroit à la terre : nous éprouvons toujours qu'il y a des chofes qui nous font plus de peine ou plus de plaifir dans la vie, parce que nous ne fommes point dans cet état d'indifférence, où il faudroit être à l'égard du monde, pour ne goûter que le plaifir pur & délicieux de n'aimer que Dieu feul. Si dès mes premieres années je m'étois confacrée à fon fervice, j'aurois acquis la douce habitude de louer, de glorifier fon

saint nom , sans qu'aucun objet eût
pu me distraire de mon Seigneur &
de mon Dieu ; mais bien loin d'écouter sa voix qui se faisoit entendre à
mon cœur , j'ai mis ma confiance
en moi-même , & les richesses de
sa grace ont fondu dans mes mains.
O Dieu de miséricorde ! vous ne m'a-
vez cependant point abandonnée
pour toujours. Revenue de mon égarement & plongée dans l'amertume ,
j'ai élevé mes yeux au ciel, & celui
qui a fait le ciel & la terre est venu à
mon secours ; mais je ne dois que m'en
humilier davantage ; l'abus que j'ai
fait de ses dons ne me permet plus
de regarder la terre que comme l'i-
mage de mon tombeau.

J'ai lû depuis peu le même discours que vous , Monsieur , qui m'a
fait une très-vive impression , & je
crois qu'il est impossible de n'en être
pas touché. Dieu veuille que j'en

profite auffi-bien que vous ; la grace
peut tout. Trop heureux qui la con-
noit & qui la défire.

Je vous remercie de la maniere
dont vous tenez toujours pour Madame la Princeffe de Conti : il eft
vrai que vous êtes prévenu en fa faveur ; car à le bien prendre elle ne
fait que ce qu'elle doit , d'eftimer
& d'aimer le mérite & la vertu
d'une perfonne à qui elle eft fenfiblement obligée. Eh ! pourquoi ne
rendroit-elle pas auffi quelque juftice à ce que les enfans valent par
eux-mêmes ? Prions pour elle, & dé-
firons-lui le royaume de Dieu : le
refte ne lui manquera pas.

P. S. Notre Mere eft affez bien.
Ma fœur Anne-Marie de Jefus a le
corps fi accablé de fouffrances, qu'il
ne faut pas moins de vertu qu'elle
en a , pour les fupporter auffi-bien
qu'elle fait.

Ce 6 Septembre 1686.

LETTRE XLVII.

IL nous ennuie, Monfieur, de ne point recevoir de vos nouvelles : donnez-nous-en au plutôt, je vous prie, & faites-nous part de l'état où vous vous trouvez. J'efpere que l'intérieur va toujours de mieux en mieux. La grace achevera en vous ce qu'elle a commencé : vous en avez reffenti comme moi les puiffans effets : foyons-y tous les deux fidéles ; fortifions-la en nous par les œuvres, afin de nous perfectionner en elle ; ne ceffons pas de la demander à Dieu, même quand nous l'avons. La crainte de la perdre eft une crainte falutaire, qui nous la conferve, & qui tend toujours à nous rapprocher de Dieu, quand nous touchons au moment de nous en éloigner.

Je ne fçais fi votre voyage fera

encore long ; mais je fçais bien certainement, qu'en quelque lieu que vous foyez, je m'intéreſſerai toujours vivement à ce qui vous touche.

Vos prieres pour notre Mere, pour ma fœur Anne-Marie de Jeſus, & pour la pauvre & très-indigne fœur Louiſe de la Miféricorde.

Ce 3 Novembre 1686.

LETTRE XLVIII.

VOus avez raifon de croire, Monfieur, que perfonne ne peut rendre meilleur témoignage de votre direction que moi : je dois feulement m'humilier de n'en avoir pas fait un meilleur ufage , & ce n'eft pas votre faute. Nous envoyons votre lettre à M. le Cardinal le Camus. Hélas ! Monfieur, qu'eft-ce que le monde ? on le canonifoit un jour, & le lendemain tout a changé de face. Je vous affure que c'eft un trait de la miféricorde du Seigneur fur lui. Il fçait par où il faut prendre ceux qu'il s'eft deftinés de toute éternité. Adorons dans le filence de l'efprit, fes impénétrables décrets ; & pleins de confiance en fa bonté , allons en paix, & repofons-nous fur la fincérité de fes promeffes.

P. S.

P. S. Venez nous voir le plutôt que vous pourrez : vous êtes néceſſaire à notre conſolation. Nous vous ſouhaitons un bon voyage. Notre Mere me charge de vous faire mille complimens & ma ſœur Anne-Marie. Vous pouvez être ſûr de leurs prieres & des miennes.

Ce 8 Mars 1687.

M

LETTRE XLIX.

VOus êtes touché avec juste raison , Monsieur , de la perte
que nous venons de faire : nous en
sommes pénétrées jusqu'au fond du
cœur. Dieu nous enleve une Mere
tendre & compatissante, un esprit fait
pour éclairer les autres , un caractere
doux , plein de zéle & de charité ,
une ame en qui les vertus les plus su-
blimes se plioient à notre foiblesse ,
& nous inspiroient au défaut de la
force , du moins l'envie & le courage de l'imiter. Pour moi , Monsieur,
pensez, je vous suplie , ce que je lui
devois ! il falloit une charité comme
la sienne pour oser me recevoir : elle
n'hésita point , vous le sçavez ; j'en
suis encore plus étonnée , à l'heure
qu'il est, que le premier jour. J'espe-

re que notre Seigneur lui a déja rendu au centuple tout le bien qu'elle m'a fait & celui qu'elle m'a souhaité.

Notre chere fille , puisque vous voulez que je la regarde comme telle , est accablée de cette mort. Elle aimoit notre Mere de la maniere la plus tendre ; elle nous a dit que de tout tems elle s'étoit senti pour elle la plus vive inclination. Elle perd des instructions & des exemples admirables ; mais je vous assure que ce qu'elle perd d'un côté, elle le regagne de l'autre par la grace. Elle a reçu ce coup douloureux avec une vertu & un courage digne de sa sainte tante. Dieu est avec ceux qui souffrent & qui se confient en sa divine bonté. Marchons sur les traces de cette femme sainte , & demandons-lui de préfenter tous les jours de-

vant le thrône, le tribut de nos prieres & de nos larmes, afin que Dieu
nous réunisse bien-tôt avec elle dans
l'éternité.

Ce 29 Septembre 1691.

LETTRE L.

QUelque sujet que vous ayez, Monsieur, de rendre graces au Seigneur des dispositions de notre chere petite sœur ; cependant l'état où vous vous trouvez est si dur à la nature, que je ne puis m'empécher de partager vivement vos peines avec vous & avec toute la famille : qu'elle est heureuse cependant de toucher au dernier moment d'une vie si pure & si innocente! Elle quitte une dépouille mortelle , pour aller recevoir des mains de son divin époux une couronne de gloire immortelle ; car vous m'avouerez , Monsieur , que vous voyez tous les caracteres des prédestinés dans votre cher enfant : cela parle plus efficacement au cœur que toutes les paroles de consolation qui viendroient de la part des hom-

mes. Je fupplie la divine bonté d'a-
chever fon œuvre en miféricorde,
& que fa fainte volonté détruife tellement la nôtre en tout, que ce ne
foit plus nous qui vivions, mais Jefus-Chrift qui vive en nous.

Ce 17 Novembre 1693.

F I N.

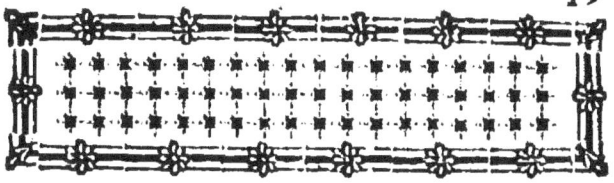

DISCOURS

MORAL.

QUoiqu'il parût , d'après l'idée qu'on attache communément aux ouvrages de piété , que ces Lettres étoient plutôt deſtinées pour de ſaintes Filles qui ont conſacré toute leur vie à la pénitence , que pour le monde qui ne s'occupe que d'intérêts ou de plaiſirs que Dieu réprouve ; cependant l'amour du bien en général , qui eſt le véritable caractère du zéle & de la charité , ne leur a pas permis de garder pour elles ſeules , ſelon la penſée de ſaint Paul , ce qui pouvoit être utile au ſalut de pluſieurs. (a)

On s'eſt flatté que malgré l'indifférence , dans laquelle vivent la plu-

(a) *Non quærens quod mihi utile eſt , ſed quod multis, ut ſalvi fiant.* 1. Cor. ch. x. 33.

part des hommes à l'égard de la religion, ils ne seroient pas tous également insensibles à ces traits de lumiere & de vérité, qui percent toujours dans les vertus chrétiennes, & que l'exemple plus éloquent que la parole, rend encore plus vifs & plus pressans.

C'est dans cette vûe que, pour ramener les esprits aux solides principes d'où dépend la paix & la tranquillité de leur ame, nous avons raproché de ces Lettres les réflexions qu'elles nous ont fait naître.

Nous avons pensé que les caractères les plus heureux, étant souvent ceux qui abusent le plus de la bonté de leur naturel, nous devions les considérer comme ces champs fertiles qu'on a laissé long-tems incultes : de même qu'il faut travailler à les façonner avec plus de soin, pour les préparer à recevoir une semence utile, à la place des mauvaises plantes qu'ils étoient accoutumés de produire ; de même aussi, pour rappeller à la religion ces hommes faits par la droiture & la simplicité de leur cœur, pour en cueillir les fruits salutaires,

SERMON

POUR LA VÊTURE

DE MADAME LA DUCHESSE

DE LA VALLIERE.

Par M. l'Abbé de FROMENTIERES,
depuis Evêque d'Aire.

N

SERMON

POUR LA VÊTURE

DE MADAME LA DUCHESSE

DE LA VALLIERE.

Sur l'Evangile de la Brebis égarée, & rame-
née dans la Bergerie par son Pasteur.

Et cùm invenerit eam, imponit in humeros suos gaudens, & veniens domum
convocat amicos & vicinos, dicens illis:
Congratulamini mihi. *En S. Luc, ch. 15.*

Le Pasteur ayant retrouvé sa Brebis, la met
sur ses épaules avec joie, & venant en sa
maison il appelle ses amis & ses voisins, &
leur dit: Réjouissez-vous avec moi.

'Est un grand sujet d'es-
pérance & de consolation
pour les pécheurs, que de
remarquer en Dieu les mê-
mes sentimens pour eux, qu'ils de-

N ij

vroient avoir pour lui , & que de lui
voir faire les mêmes démarches pour
les rechercher , tous misérables qu'ils
font , avec autant d'empreffement
qu'ils le rechercheroient eux-mêmes
s'ils étoient fidéles. David parlant
des defirs qu'il a de retrouver fon
Dieu , dit qu'il court par la campa-
gne comme un cerf alteré , que fes
yeux font nuit & jour en larmes,
qu'il ne fçauroit avoir de joie qu'il
ne voie reparoître cet objet unique
Pf. xlj. de fon amour : *Sicut cervus defiderat
ad fontes aquarum. . . . fuerunt mihi
lachrymæ . . . dum dicitur mihi, . . . Ubi
eft Deus tuus ?*

Mais ne remarquez·vous pas dans
la Parabole de notre Evangile, que
tous ces fentimens ont paffé du cœur
de David au cœur de Jefus Chrift,
puifque ce Pafteur de nos ames, af-
fligé de l'éloignement d'une de fes
brebis, abandonne tout pour fe mettre à fa pourfuite, qu'il fe fatigue
dans fa recherche, qu'il n'a de joie
que quand il la retrouve, que pour
lui faciliter fon retour, il la charge
même fur fes épaules; & qu'enfin,

comme s'il lui arrivoit de ce retour, une grande fortune, il veut que tout le monde l'en vienne féliciter ? Certes, Meſſieurs, je ne m'étonne pas que les Chrétiens ayent toujours ſingulierement aimé Jeſus-Chriſt ſous une idée ſi favorable, & que ſelon le témoignage de Tertullien, ils gravaſſent, dès ſon ſiécle, ſur tous les calices de l'Egliſe, l'image du Paſteur chargé de ſa brebis.

Mais je ſçais bien, ma très-chere Sœur, que de notre temps c'eſt particulierement à vous à qui Jeſus-Chriſt doit paroître aimable ſous cette forme; puiſque l'on peut dire qu'il la reprend aujourd'hui pour vous. Non, non, ce n'eſt pas ſans quelque ſecret de la Providence, qu'un Evangile ſi admirable concourt avec cette cérémonie; & à conſidérer les circonſtances de votre vocation, tout ce que la grace fait en vous pour l'aſſurer, & pour la rendre certaine, vous pouvez, ma très - chere Sœur, vous pouvez raiſonnablement croire que Jeſus Chriſt a pour vous la même charité, qu'il vous traite à-peu-près avec la même tendreſſe qu'il fait la brebis de l'Evangile : *Et cùm invenerit eam, imponit in humeros ſuos gaudens ; & veniens domum convocat amicos & vicinos, dicens illis : Congratulamini mihi.* C'eſt la merveille, Meſſieurs, dont je vous entretiendrai dans ce diſcours : mais vous voyez bien qu'il faut pour cela que le même Eſprit qui inſpire à cette ame généreuſe de ſi grands deſſeins, me fourniſſe des paroles qui ſoient juſtes, & que la même Vierge qu'elle prend aujourd'hui pour ſa mere, devienne mon Avocate : demandons-lui cette faveur, & diſons lui avec l'Ange : *Ave, Maria.*

QUelque grand que ſoit le zéle du Paſteur de nos ames pour leur converſion & pour leur ſalut, nous le pouvons néanmoins réduire dans la Parabole de notre Evangile, à trois démarches principales qu'il fait en faveur de ſa brebis. Premierement, il la va chercher dans les lieux où elle s'eſt écartée, & il eſt conſtant que s'il ne prenoit lui-même ce ſoin

charitable, elle n'en reviendroit jamais. David le témoigne à Dieu en
termes exprès, *Erravi ficut ovis quæ* Pf.cvllj.
periit : Seigneur, je fuis comme une
malheureufe brebis qui s'eft égarée
en s'éloignant de vous ; & ce qui
me femble le plus déplorable dans
l'état où je me trouve, *quære fervum
tuum*, c'eft que je ne puis faire un
feul pas, pour me rapprocher de vous,
que vous ne me veniez chercher vous-
même.

Secondement, le Pafteur ayant retrouvé fa brebis, la rapporte fur fes
épaules : quelque coupable qu'elle
fut, comme le remarque excellemment faint Ambroife, il ne lui fait
aucun mauvais traitement ; & plus
fâché au contraire de la laffitude
qu'elle a foufferte dans fon égarement, que de l'injure qu'elle lui a
faite, il la foulage dans fon retour, il le
rend facile, il la porte ; *Paftor enim le-
gitur, ovem læfam geffiffe, non abjeciffe.*

Mais enfin, admirez jufqu'où va
la bonté de ce Pafteur. Ayant rap-
porté cette brebis dans fa maifon,
il appelle fes voifins & fes amis,

pour venir prendre part à sa joie;
vous diriez qu'il gagne bien plus au
retour de sa brebis que sa brebis même, qu'il lui est arrivé à lui seul un
avantage considérable, *Quasi sibi ad-*
huc magnum obligisset beneficium. Ce
sont là, Messieurs, les principaux
mouvemens de la charité qu'exerce
le Pasteur de notre Evangile à l'é-
gard de sa brebis; & voilà une image
fidéle de ce que Jesus-Christ fait en
notre faveur toutes les fois que nous
revenons à lui. Quelle reconnoissance ne devons-nous pas tous avoir
pour une bonté si tendre & si généreuse?

Mais souvenez-vous, ma très-
chere Sœur, que vos obligations à
cet égard (je vous l'ai déja insinué)
sont fort particulieres; tout ce que
le Pasteur fait dans la Parabole à l'é-
gard de sa brebis, se renouvellant
dans votre vocation par des mouvemens singuliers de la grace de Jesus-
Christ. Car lorsque vous avez conçu
le dessein de renoncer au monde,
& que vous l'exécutez fidélement aujourd'hui, n'est-ce pas ce Pasteur cha-

ritable qui vous eſt allé chercher,
qui vous eſt allé dégager ? *Et cùm
invenerit eam.* Quand les voies du
Carmel jugées ſi rudes par tous les
gens du ſiécle, s'applaniſſent devant
vous , & que toutes les pratiques de la
Religion vous ſemblent douces : n'eſt-
ce pas proprement le Paſteur qui vous
rapporte ſur ſes épaules , & qui faci-
lite votre retour ? *imponit in humeros
ſuos gaudens ?* Et enfin , ſi tout le
monde eſt touché de votre exemple,
& ſi nous nous aſſemblons aujour-
d'hui , non-ſeulement pour nous en
réjouir, mais pour en profiter ; n'eſt-
ce pas encore le ſouverain Paſteur
qui invite ſes amis , les Hommes
avec les Anges, à venir prendre part
à la joie qu'il ſent de votre retour ?
*Et veniens domum, convocat amicos
& vicinos.*

Oui, oui, Anges du Ciel, ré-
jouiſſez-vous en cette occaſion ſinguliere, avec nous, Jeſus-Chriſt nous
l'a promis dans notre Evangile même,
*gaudium erit in Cœlo coram Angelis
Dei.* Célébrons de concert un des
plus beaux triomphes qu'ait jamais

remporté la grace; & admirons enfin
tous ensemble, la force de la grace,
qui est allée tirer cette ame des engagemens de la Cour & du monde;
la douceur de la grace qui lui applanit d'abord toutes les difficultés de
la Religion; la fécondité de la grace
qui nous intéresse dans sa vocation,
& qui la propose comme un exemple
puissant, à tout son siécle. C'est le
sujet des trois Points de ce Discours.

I.
POINT.
POUR peu qu'un Chrétien soit instruit des maximes de l'Evangile, il
ne sçauroit douter de la difficulté qu'il
y a de se sauver dans le monde; mais
s'il étoit encore nécessaire de l'en convaincre, il me semble qu'il suffiroit
de lui dire que pour se sauver dans le
monde, il faut être pauvre dans l'u-
sage des biens, humble dans la possession des honneurs, modéré dans
la jouissance des plaisirs; car de bonne
foi, ces choses sont-elles fort aisées à
accorder?

Que s'il est difficile de faire son
salut dans le monde, quelle appa-
rence, mes Freres, de le pouvoir

faire dans le grand monde, dans ce
qui s'appelle la Cour, où les divers
obſtacles qui ſont répandus ailleurs
dans les conditions différentes des
hommes, ſe réuniſſent & ſe raſſem-
blent avec bien plus de force? La
Cour, où toutes les pompes ſont éta-
lées, où tous les plaiſirs ſont dans
leur centre, où toutes les grandeurs
ſont à leur comble; la Cour où l'on
peut dire que les paſſions ſont dé-
chaînées, les occaſions préſentes, les
exemples pernicieux. Ah ! qui peut
ſe conſerver vivant dans un ſéjour où,
comme dit ſi bien ſaint Ambroiſe, la
mort entre par tous les ſens, juſques
dans la ſubſtance de l'ame ? Où les
yeux ne ſçauroient s'ouvrir qu'ils ne
reçoivent des eſpeces capables de
troubler l'eſprit; où l'oreille ne peut
rien entendre, que ce ne ſoit un
poiſon qui ſe gliſſe auſſi·tôt dans le
cœur? *Ubi reſpexit oculus, & ſenſum
mentis avertit; ubi audivit auris,
& intentionem cordis inflexit.*

La Cour étant un air ſi contagieux,
quel peut donc être le ſecret de n'y

pas périr ? Meſſieurs, ſi vous voulez que je m'explique ſincérement , je n'en ſçais guères que celui de n'y pas demeurer. Il s'eſt trouvé des Saints à la Cour, il eſt vrai, mais ils ſont rares ; & quand les Peres en ont parlé, ils ne les ont pas trouvés moins admirables d'avoir conſervé leur innocence à la Cour, que les trois enfans de Babylone d'avoir gardé leur félicité au milieu des flammes. Ah ! mes Freres, il y a là trop de combats à ſoutenir pour la vertu ; il n'y a pas de momens où elle ne ſoit réduite à la dure néceſſité de vaincre ou d'être vaincue ; chaque degré de fortune, de biens, de crédit qu'un homme y peut acquérir, ne ſert que d'un nouvel obſtacle à ſon ſalut. Et là-deſſus, Meſſieurs, il ne m'eſt pas libre de balancer, *fugite*, *fugite de medio Babylonis*. Si vous me le demandez, le ſeul moyen aſſuré de ſe ſauver aux gens de la Cour, eſt la fuite.

Cependant, choſe étrange ! quelque indubitable que puiſſe être ce moyen, qui voyons-nous de nos jours avoir aſſez de prudence pour s'en fervir ? Pour fe réfoudre de quitter le grand monde, il faut que l'efprit fe défabufe, il faut que le cœur fe détache ; car l'erreur dans laquelle vivent les gens du monde fur l'eſtime des chofes qui leur paffent devant les yeux, & l'attachement enſuite qu'ils ont pour ces chofes, leur en rendent la féparation comme impoſſible. L'on regarde les richeffes, les plaifirs & les honneurs du monde, comme les plus précieufes & les plus eſtimables ; fur ce principe il n'y a rien qu'une ame ne faffe pour s'engager, elle ne fera pas même une démarche, que fon engagement ne redouble.

Voyez une brebis, pour revenir à la comparaifon de notre Evangile ; confidérez, dis-je, une brebis qui eſt une fois fortie du droit chemin où le Pafteur la conduit : elle ne fait d'abord qu'un pas pour s'approcher de l'herbe voifine qui l'attire : mais s'en eſt-elle repue ? elle va un peu plus loin, elle avance encore davantage ; & ainfi comme elle paît toujours, & qu'elle marche toujours en paillant, il peut arriver qu'elle se porte dans un tel égarement, qu'à moins que le Pasteur ne l'aille chercher, il n'y a pas d'apparence qu'elle revienne.

Voilà l'image d'une ame qui s'éloigne de la voie du salut, à mesure qu'elle s'engage dans le monde ; *Erravi ficut ovis quæ periit*. A-t-elle fait un pas pour satisfaire sa cupidité en une chose, c'est assez pour lui en faire faire bien d'autres dans la suite. Un spectacle débauchera d'abord son esprit de l'admiration qu'elle ne doit qu'à Dieu ; une conversation naîtra après, qui attentera sur les affections de son cœur ; il surviendra un honneur, qui la fera sortir de l'humilité qu'elle avoit toujours professée ; il se présentera aussi-tôt un plaisir qui la tirera de l'austérité que l'on remarquoit dans ses mœurs ; & enfin si les grands objets paroissent, c'est alors qu'on se sent entraîné, que l'on se trouve emporté si loin de la voie, qu'il n'y a que Jesus-Christ tout seul capable d'y faire rentrer, & encore par les plus puis-

ſans efforts de ſa grace. Car, Meſſieurs, c'eſt ma propoſition ; & plus
j'y penſe, & moins, ce me ſemble,
a-t-elle beſoin de preuve.

Il eſt de foi, que l'homme ne ſçau-
roit faire un ſeul pas vers Dieu, dont
il ne ſoit redevable à Dieu même.
S'il forme des deſirs, c'eſt Dieu qui
les lui inſpire; s'il fait des prieres,
c'eſt le ſaint Eſprit qui les lui en-
ſeigne; s'il répand des larmes, ne
croyez pas que la ſource n'en ſoit
que dans ſes yeux ou dans ſon cœur.
Comment ces eaux rejalliroient-elles
juſqu'à la vie éternelle, ſi elles
n'en avoient premierement coulé ?
Mais s'il n'eſt pas poſſible à l'homme
de faire de ſoi-même la moindre démarche pour ſa juſtification : que ſe-
ra-ce quand il ſera queſtion de rompre les grands engagemens de la Cour
& du monde ?

Ce qui eſt ſouverainement bon,
dit Tertullien, dépend ſouverainement de Dieu, *Quod maximè bo-
num, id maximè penes Deum.* Principe ſur lequel les Peres ont pronon-
cé, que le martyre qui eſt le dernier

effort de la charité chrétienne, dé-
pendoit plus abfolument de la grace
qu'aucune autre action de vertu. Or
croyez-vous qu'au fentiment des Peres
mêmes, quitter le monde quand on
y poffède des avantages confidéra-
bles, qu'étouffer fes paffions dans
le fort de fa jeuneffe, que vaincre
la nature dans fes affections les plus
tendres, foient des efforts bien moindres que ceux du martyre, & qui par
conféquent, ayent beaucoup moins
befoin de grace ?

Mais demeurons dans les regles
que je me fuis prefcrites. Une perfonne engagée dans le monde & dans
la Cour, n'y fçauroit donc renoncer,
que fon efprit ne fe défabufe, que
fon cœur ne fe détache ; & qui peut
opérer ces deux miracles, finon la
grace, effentiellement une lumiere
qui éclaire, effentiellement une cha-
leur qui meut & qui enflamme ? Di-
fons tout, Meffieurs, en ces occafions : il s'agit de renverfer l'homme
tout entier, de lui faire vouloir ce qu'il
ne vouloit pas, de lui faire croire des
chofes directement contraires à fes
premières

premieres penſées ; & pour quel autre coup plus difficile Dieu pourroit-il réſerver ſes graces les plus fortes, ces graces victorieuſes dans leſquelles, comme dit ſi bien ſaint Auguſtin, il n'entre pas moins de puiſſance que d'amour ?

Ma très-chere Sœur, vous n'avez pas de peine à avouer que vous aviez beſoin d'être prévenue d'une grace efficace pour rompre avec le monde. Vous en avez conçû le deſſein généreux, vous l'avez conſervé avec ſoin, vous avez ſçu défendre ce feu divin contre tout ce qui le pouvoit d'abord étouffer, vous l'avez fait éclater dans le tems avec courage, vous êtes prête aujourd'hui de l'exécuter avec joie : mais avec cela je ſuis aſſuré que de vous-même, & par vos propres forces, vous n'auriez jamais été capable de ces ſentimens héroïques. Vous avez grande raiſon, ma Sœur ; car c'eſt aux impreſſions victorieuſes de la grace, que vous en êtes uniquement redevable ; & ſi, comme l'Epouſe du Cantique, vous n'étiez attirée par Jeſus-Chriſt non plus qu'elle,

O

il ne feroit pas en votre pouvoir de courir aujourd'hui après lui.

Et premierement, comme l'eftime eft la mefure de l'affection, de quelles vives lumieres la grace n'a-t-elle pas dû éclairer votre efprit fur ce que vous deviez penfer du monde, pour en pouvoir fûrement détacher votre cœur? Ne crûtes-vous pas, ma chere Sœur, vous être réveillée d'un fommeil inquiet & fâcheux, lorfque la grace vous ouvrant les yeux, vous vous apperçûtes tout d'un coup que ce grand monde, qui éblouit tant de gens, & que vous aviez peut-être vous-même crû quelque chofe, n'étoit rien; que fes biens après lefquels on court avec tant de fureur, n'étoient que des fonges, fes grandeurs que des illufions, fes plaifirs que des impoftures? lorfque comparant la connoif-fance préfente que vous en aviez, avec les penfées que vous en aviez pû avoir, vous vous trouvâtes en état de dire avec un Prophéte : J'ai re-gardé la terre, & je me fuis étonné de voir qu'elle étoit vuide & pleine de rien. Que veulent dire, mes Freres , ces étranges paroles, la terre vuide & pleine ? C'eſt-à-dire , tellement pleine , qu'elle ne laiſſe pas d'être vuide , tout ce qui la remplit paroiſſant être quelque choſe , & n'étant rien en effet , tout s'y paſſant en figure, quoi que ce ſoit n'ayant de conſiſtance ni de réalité.

L'eſprit étant une fois déſabuſé du monde , le cœur en devroit être aiſément détaché : cependant , Meſſieurs, l'expérience nous apprend que la grace en fait ſouvent à deux fois. Saint Auguſtin connut long-tems la miſere du ſiécle & des paſſions, avant que d'être délivré de leur tyrannie, *Sarcinâ ſæculi dulciter premebar* : Je reconnoiſſois, dit-il, que le monde étoit un fardeau dont je me trouvois encore agréablement accablé : & comme il ajoûte, la pareſſe, la lâcheté, les erreurs de la coûtume, la force des mauvais exemples ; tout cela enſemble lui forgeoit une chaîne ſi péſante qu'il ne la pouvoit porter, mais en même-tems ſi forte qu'il ne la pouvoit rompre. Reſte de miſere , Meſſieurs , dont cet illuſtre Pénitent,

O ij

par sa confession même, ne put être délivré que par le pouvoir de la grace de Jesus-Christ. *Quis me liberabit de corpore mortis hujus, nisi gratia per Jesum Christum ?*

Et c'est ici, ma très-chere Sœur, où il semble que vous ayez encore plus d'obligation à la grace, que S. Augustin ; puisqu'il est constant qu'elle a touché votre cœur, aussi-tôt qu'elle a éclairé votre esprit. Que les sentimens qu'elle vous inspira furent nobles & généreux, lorsque vous donnant dès-lois le dessein de vous consacrer à Jesus-Christ, elle vous fit croire qu'il n'y avoit plus rien qui fut digne de votre cœur ! Mais que ces sentimens furent en même-tems équitables, lorsqu'elle vous fit aussi juger que celui qui avoit acheté votre cœur de tout son Sang, devoit seul le posséder, & que le détachant en cette vue pour jamais de tout ce qui s'appelle biens, grandeurs, intérêts, amusemens, famille, elle vous mit en état de dire à Dieu le jour que vous entrâtes en cette sainte maison : *Dirupisti omnia vincula mea, tibi sa-*

crificabo hostiam laudis. Seigneur, vous avez rompu tous mes liens, je vous offrirai déformais en liberté le facrifice de louange.

Ce n'eft pas, ma chere Sœur, qu'il vous ait été également facile de con-fentir à la rupture de tous ces liens. La nature en forme de fi doux & de fi forts tout enfemble, que la grace même la plus puiffante ne les brife guère fans une extrême douleur. Vous l'éprouvâtes en votre perfonne, in-comparable Thérefe, lorfque vous féparant de vos proches, pour vous unir auffi à Jefus-Chrift, vous fen-tîtes de votre propre aveu, vos os fe difloquer, vos nerfs fe retirer, vos entrailles fe déchirer. La liberté de votre choix, tous les charmes de la grace ne vous épargnerent rien dans une féparation fi cruelle.

Votre plus grande gloire défor-mais, ma chere Sœur, eft d'être Fille de fainte Thérefe; vous devez ainfi compter comme un grand avantage que vous ayez commencé à lui être femblable dès le commencement de votre vocation, & que la feule chofe qui vous ait autant couté qu'à elle en quittant le monde, ait été de vous féparer des perfonnes que vous y pouviez raifonnablement aimer. Car en cela, votre victoire comme la fienne, n'en eft que plus entiere ; fi comme elle, en cette occafion, vous n'avez pas été infenfible, comme elle auffi vous y avez été fidéle. Quand il vous en auroit coûté quelques foupirs & quelques larmes, vous avez nonobftant cela perfifté dans votre deffein ; c'eft-à-dire, ma chere Sœur, qu'il vous a fallu vaincre le monde armé de tout ce qu'il a de plus redoutable, que vous avez donc étouffé le fang & la nature dans leurs inclinations les plus fortes, & ce que je ne puis encore oublier fans faire tort au pouvoir de la grace, c'eft que la plûpart de ces chofes fe foient paffées d'une maniere éclatante, & qui en vérité, a eu de l'air du triomphe.

La plûpart des perfonnes qui fe retirent du monde le font ordinairement fans bruit : la défiance de leurs propres forces, & l'appréhenfion qu'elles ont de celles d'autrui, les oblige à diffimuler leur deffein ; & croyent enfin faire affez pour la gloire de Dieu & pour leur falut propre, de fe dérober fecretement au mauvais exemple de leur fiécle, ou de leur maifon.

A Dieu ne plaife qu'il m'arrive de blâmer cette conduite, elle eft prudente, elle eft fainte ; & nous fçavons bien, ma Sœur, que vous défiant humblement de vous-même, votre premiere penfée étoit de la fuivre. Mais Dieu qui a voulu triompher en votre perfonne, vous a fait prendre une autre route. *Sufficit tibi gratia mea*, vous a-t-il dit, comme à faint Paul ; il a manifefté le deffein que vous vouliez cacher, & vous a en même tems donné la force de rompre tous les efforts qui le pourroient traverfer.

Qu'y a t-il de plus admirable que de vous voir foutenir au milieu de la Cour ce deffein généreux ? fouffrir que tout le monde vous en parle, marquer le jour précis de fon exécution ? Mais quel fpectacle plus agréable aux Anges & à Dieu même,

lorfque ce jour arrivé, ce jour éternellement marqué de Dieu dans le
décret de votre prédeftination, lorfque ce grand jour, dis-je, étant arrivé à la face de toute la Cour ramaf-
fée, ce femble, alors tout exprès pour
votre gloire, le fiécle étalant fes pompes, la nature oppofant fes tendref-
fes, tout le monde fanglotant & fon-
dant en larmes; nous vous vîmes,
ma chere Sœur, paffer d'un air modefte mais courageux, au travers de
ces objets différens, laiffer loin der-
riere vous tout ce qui devoit vous
faire obftacle, & l'ame auffi remplie
de joie, que libre de foibleffe, accou-
rir en ce faint lieu !

Sortir ainfi du monde, Meffieurs,
c'eft en fortir triomphante, c'eft en
fortir comme le peuple de Dieu de la
terre d'Egypte, en défaifant fes ennemis; c'eft entrer dans la Religion avec
cette fainte violence, avec laquelle
le Sauveur veut que l'on entre dans
le Royaume des Cieux; c'eft en un
mot fe dégager du fiécle par le plus
puiffant effort de la grace. Car, ma
chere Sœur, vous êtes bien éloignée
de

de vous glorifier de cette victoire. Vous sçavez que l'honneur en est dû à Jesus-Christ, que c'est un miracle dont vous n'êtes que le sujet heureux, & lequel Dieu, comme dit saint Paul, a voulu opérer, *In laudem gloriæ gratiæ suæ*, pour la louange & pour la gloire de sa grace.

Il n'en fait pas tous les jours de si éclatans pour le commun des Chrétiens : mais il en fait pourtant d'assez grands pour les sauver tous. Mes Freres, ne seriez-vous point la plûpart assez malheureux pour vous excuser de vos erreurs & de vos attachemens pour le monde, sur le peu de force des graces que vous recevez ? Accusons-nous nous-mêmes de nos fautes, & n'en accusons jamais notre Dieu ; car, examinez bien la chose, c'est votre volonté qui se trouvera toujours assez forte. Jesus-Christ vous le reproche en termes si exprès. *Quoties volui, & noluistis ?* Combien de fois, malheureux, ai-je voulu, & que tu n'as pas voulu ? Ah! combien de fois, brebis égarée, le Pasteur s'est-il fatigué inutilement dans ta

P

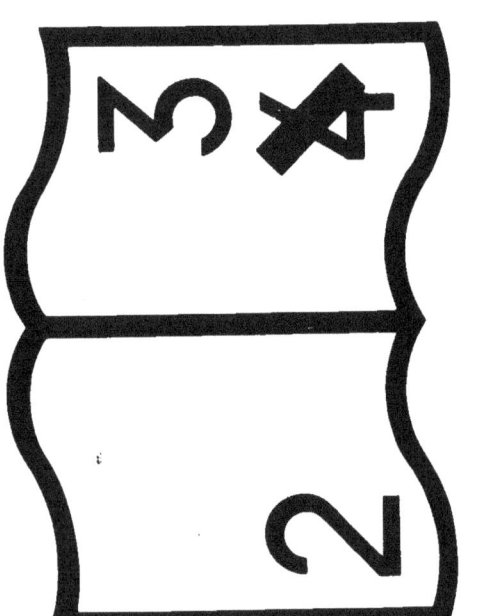

recherche ? ne t'a-t-il pas tant ſuivie de pâturage en pâturage, d'une méchante occaſion en une autre encore plus fâcheuſe , t'appellant amoureuſement, te ſollicitant , te preſſant, ſans que tu ayes jamais voulu tourner la tête, ni revenir à lui ?

Hé ! que croyez-vous que ſoient toutes ces choſes pour leſquelles vous quittez Jeſus-Chriſt ? Il faudroit avoir les yeux bien aveuglés, pour ne pas appercevoir la fragilité, l'inconſtance , l'inutilité de tout ce que l'on eſtime dans le monde. Mais d'où vient donc , me direz-vous, que la miſere en étant ſi connue , ſi peu de gens y renonce ? Pareſſe , mes Freres, habitude, aſſoupiſſement, léthargie, inſenſibilité, fureur ; car je ne ſçais quel nom donner à un aveuglement ſi prodigieux.

Il s'en peut-trouver qui connoiſſant cette miſere , en voudroient bien ſortir , qui pour cela implorent la grace : mais qui que vous ſoyez qui demandez la grace , ne ſerez-vous point toute votre vie de l'humeur dont étoit ſaint Auguſtin un peu avant sa conversion, qui demandoit à la vérité à Dieu de triompher de son cœur par la grace, mais qui appréhendoit en même tems d'être exaucé, du moins si-tôt? Car on ne sçauroit ôter de l'esprit d'un pécheur, que la grace qui guériroit son cœur de sa passion dominante, ne fut un reméde violent & cruel. Cependant c'est fort mal connoître la grace que d'en juger de la sorte; elle est forte, mais elle est douce. Le Pasteur qui a retrouvé sa brebis, la charge sur ses épaules pour la faire revenir. Mais nous ne sçaurions observer plus agréablement cette conduite de la grace, que dans l'exemple qui se présente à nos yeux. La force de la grace dégage à la vérité cette ame chrétienne de la Cour & du monde, c'est ce que nous venons d'admirer : mais la douceur de la grace lui en rend en même tems la sortie aisée, & lui applanit toutes les difficultés de la Religion. C'est ce que nous allons voir dans le second point de ce Discours.

II. POINT.

LA grace n'est pas de sa nature

P ij

moins douce qu'elle eſt forte ; elle n'eſt même forte que parce qu'elle eſt douce , toute ſa force conſiſtant en ſa douceur. Le grand ſaint Auguſtin, qui par une heureuſe expérience avoit ſi bien connu ce pouvoir de la grace, dit en mille endroits, qu'elle eſt une ſuavité victorieuſe qui ne l'emporte jamais ſur le monde & ſur la paſſion dans un cœur, qu'en lui devenant plus agréable, qu'en lui propoſant des plaiſirs plus doux. Auſſi ne manque-t-elle jamais de ſe joindre avec les vertus infuſes dans une ame chrétienne, pour lui en adoucir la pratique, pour lui donner de la joie dans les ſouffrances, de l'eſpérance dans les dangers, de la confiance dans les tentations.

Sçavez-vous , Meſſieurs, quel eſt proprement l'office de la grace dans l'Egliſe ? C'eſt de dégager la foi des Oracles, qui nous promettoient que le regne de Jeſus-Chriſt ſeroit doux. Ses Prophétes avoient dit qu'il ne briſeroit pas le roſeau déja foible & ébranlé : ſon Précurſeur , que les voyes les plus rudes s'applaniroient en fa préfence : lui-même, que fon joug feroit doux & fon fardeau lé-ger. Cependant, la plûpart de fes commandemens paſſeroient pour fé-véres, & plufieurs de fes loix pour rigoureufes, fi la grace par fes char-mes innocens, ne fe chargeoit d'en adoucir à toute heure la difficulté. Jugez de ce qu'elle peut à cet égard dans les autres occafions, par ce qu'el-le faifoit dans les perfécutions an-ciennes. Les Martyrs enyvrés, com-me dit faint Auguftin, des douceurs céleftes de la grace, trouvoient de la joie fur les chevalets, & jufques dans les flammes; après cela, où n'en trouvoient-il pas?

Quelque épreuve que les juftes faffent fur la terre des onctions, & des douceurs intérieures de la grace; il eft remarquable qu'il n'y en a fou-vent pas de plus fenfible que celle des ames qui fe confacrent nouvelle-ment à Dieu. Car l'Epoux les attire ordinairement à l'odeur de fes par-fums : & le Pafteur qui veut rendre à fa brebis le retour facile, la rap-porte fur fes épaules. Voyeza vec

quelle douceur Jesus - Christ reçoit
tous les pécheurs qui reviennent à
lui ? Il ne s'en trouve aucun qu'il
maltraite : que dis-je ? il les console,
il les absout, il les défend, il les
protege jusqu'à s'en attirer même dans
l'Evangile que j'explique, des reproches sanglans de la part des Pha-
risiens.

La premiere douceur que goûte
une ame qui revient à Dieu, est de
se sentir tout d'un coup délivrée de
la tyrannie des plaisirs du monde,
toujours fades, jamais satisfaisans,
ne pouvant donner que de vaines
inquiétudes. Ecoutons saint Augustin se louer de cette consolation qu'il
avoit d'abord reçue de la grace. *Quam*
suave mihi subitò factum est carere sua-
vitatibus nugarum ! quas amittere me-
tus fuerat, jam dimittere gaudium fuit.
Combien tout - à - coup trouvai - je
de douceur à renoncer aux vains amusemens du monde ! & quelle joie me
fut-ce de quitter ce que j'avois eu
tant d'appréhension de perdre !

Vous voyez quelquefois un malade
dans l'ardeur de sa fiévre, qui boit

fans cesse, sans pouvoir se désaltérer :
toute l'eau que vous lui pourriez
donner n'appaiseroit point sa soif :
quel est donc le moyen de l'éteindre ?
ce seroit de le guérir de son accès.
Tandis qu'une ame est engagée dans
le monde, soupirant après les plaisirs, & courant après les honneurs &
tous ces faux biens dont le siécle re-
paît ordinairement les hommes, il
ne faut pas espérer que la soif de cette
ame s'appaise, tout ce qu'elle boira
pour la satisfaire, ne fera que l'irri-
ter. Mais la grace a-t-elle répandu une
seule goute d'eau dans cette ame
alterée ? à l'instant sa soif s'éteint,
tous ses desirs s'évanouissent ; la voilà
dans le repos, & par conséquent dans
la joie. *Omnis qui biberit ex hâc aquâ,*
non sitiet iterum.

Mais ce n'est pas tout : la grace qui
la console si avantageusement du passé, lui offre mille douceurs présen-
tes. Jesus-Christ, ajoute saint Augustin, Jesus-Christ lui seul plus doux
que toutes les voluptés, entre en leur
place dans cette ame, *Et intrabas*
pro eis omni voluptate dulcior. La

P iv

vertu qu'elle avoit toujours crû fá-
rouche, lui paroît déformais avec un
vifage charmant : tout lui devient
facile, fon corps a peine à fuivre fon
cœur dans les faints mouvemens qui
l'emportent ; & enfin la grace la remplit de tant de douceurs, de fatisfac-
tions & de joie, que l'état où elle
fe trouve, quoi qu'elle ne faffe que commencer, femble égaler & quelquefois
même furpaffer celui des plus parfaits.

Ce miracle vous furprend, mes
Freres, & l'éloignement où fe trouve
le monde des chofes fpirituelles, vous
excufe de votre furprife ; mais en
voulez-vous une preuve palpable &
fenfible, confidérez le grand exemple qui fe préfente aujourd'hui à vos
yeux. Quel différence prodigieufe de
la vie féculiere, & principalement de
la vie de la Cour, avec celle de la
Religion ? combien fur-tout eft-elle
oppofée à celle du Carmel ? Pour
vous le faire comprendre, & fans
vous peindre le fiecle que vous ne
connoiffez que trop, il fuffit de vous dire que c'eft ici le plus auftere Ordre de

l'Eglife. Les exercices y font rigou-
reux, les mortifications continuelles,
les jeûnes pénibles, le filence affreux.
La montagne du Carmel a grande
affinité avec celle du Calvaire, on
trouve fur l'une & fur l'autre des
épines & des croix : de forte que
cette ame généreufe demandant aujourd'hui à vivre dans cet Ordre,
peut dire avec l'Ecriture, qu'elle fou-
pire pour une efpece de mort, qui
commençant dès ce jour, durera autant que fa vie, *Pro morte defluente
deprecata fum.*

Mais elle eft pourtant bien éloignée de s'en expliquer de la forte.
Car, demandez-lui ce qu'elle penfe
effectivement de la profeffion qu'elle
embraffe : jamais, par fon aveu même, rien ne lui parut fi doux, jamais
pratiques fi faciles, jamais exercices
fi agréables. C'eft tout vous dire,
Meffieurs, que la feule peine qui
l'afflige, (car, ma chere Sœur, puifque vos fentimens font tant d'honneur à la grace, permettez-moi de
les publier ;) c'eft tout vous dire,
que par fon propre aveu, la feule

peine qui l'afflige aujourd'hui eft de ne pas trouver dans cet Ordre, tout auftere qu'il eft, la pénitence qu'elle y cherche.

O miracle de la grace! ô douceur inexplicable! on te peut fentir, mais on ne te peut exprimer. Grace de mon Sauveur, jufques où portez-vous vos triomphes innocens? Elever en un moment une ame à ces fentimens généreux! la fortifier jufques-là, lui faire aimer en un inftant, lui faire goûter comme fort agréable, ce qui lui avoit peut-être paru toute fa vie fort amer, & même affreux! Ah! mon Dieu, il n'y a que vous feul qui puiffiez opérer cette merveille, par la douceur ineffable de votre grace.

Cependant, ma chere Sœur, nous ne fçaurions qu'augurer avantageufement d'une vocation qui commence de la forte. Le monde ne vous eft déja plus rien, fi le Ciel fe charge de vous confoler; & il faut de néceffité que comme aux Ifraëlites dans le défert, il ne vous refte plus de pain d'Egypte, puifque vous commencez à recevoir la manne. Ne croyez

pas pourtant, ma Sœur, que cette
douceur que vous goûtez ne puiſſe
être altérée. Les peines (je ſuis obligé
de vous y préparer) pourront ſuccé-
der aux douceurs, & peut-être que
Jeſus-Chriſt vous éprouvera un jour,
comme il a fait tant d'ames par-
faites. Et pour ne vous plus propo-
ſer que des exemples domeſtiques,
ne vous eſtimerez-vous pas heureuſe
d'être traitée comme ſainte Théreſe
votre mere, qui après avoir été atti-
tirée comme vous par les charmes
de la grace, paſſa vingt ans depuis
dans la ſéchereſſe & dans l'amertume?

Oui, ma chere Sœur, pour n'être
pas ſurpriſe, attendez-vous à trouver dans la vie que vous embraſſez,
le fiel & les épines de Jeſus-Chriſt.
Vous auriez ſujet de vous plaindre,
ſi étant ſon épouſe, il ne vous admet-
toit pas à ce partage; ce ſera même
une occaſion de lui prouver que votre amour eſt déſintéreſſé, qu'il n'a
pas beſoin pour ſubſiſter de douceurs
ſenſibles, que comme le feu du Ciel,
il eſt d'autant plus pur & plus durable,

qu'il a moins besoin d'aliment qui l'entretienne.

Ce n'est pas, Messieurs, que l'a-mertume dans la vie Religieuse puisse jamais aller jusqu'à exclure toute sorte de consolations d'une ame éprou-vée. La seule pensée que l'on souffre pour ce que l'on aime, pour Jesus-Christ, pour un Dieu, cela seul est capable de rendre toutes sortes de peines légeres, & même agréables. Mais d'ailleurs, quelles souffrances peuvent être excessives dans une condi-tion, où la providence gouverne, où la grace anime, où les Sacremens soutiennent, où les exemples forti-fient, où l'Ecriture instruit, où la bonne conscience console, où l'espé-rance nourrit ?

C'est pourquoi le monde se trom-pe, s'il croit que les peines de la vie Religieuse soient le plus souvent au-tres qu'extérieures ; car, comme di-soit excellemment saint Bernard, *Cruces nostras vident, unctiones nos-tras non vident.* Le monde qui ne juge des choses que par leur appa-rence, n'apperçoit que nos croix &

nos mortifications, qui font vifibles & extérieures ; mais il ne voit pas nos confolations qui font intérieures & invifibles. C'eſt même une des différences de la Religion d'avec le monde. Les peines des gens du monde font toujours intérieures , affligent leur cœur & abattent leur efprit, pendant que leurs joies qui font toutes au dehors & dans les fens, ne vont jamais jufqu'au cœur, s'arrêtent au plus à la furface de l'ame. Et là-deffus il eſt aifé d'en faire la comparaifon après le Prophéte : *Melior eſt dies una in atriis tuis fuper millia.*

Oui , gens du monde , un feul jour de confolation auprès de Dieu, vaut mieux que mille dans vos fatiffactions & dans vos joies. Ah ! ne me parlez plus de vos fades plaifirs, ames de chair & de fang ; autrement je ne manquerai pas de vous dire ce que Job difoit à ceux qui lui donnoient de fauffes confolations dans fa douleur, *confolatores onerofi omnes vos eſtis* ; vous êtes des confolateurs importuns, vos remédes font pires

que nos maux, vos douceurs ne font
que des preftiges, que des fonges,
que des illufions. Ainfi ne plaignez
plus ces faintes filles d'avoir refufé
vos douceurs trompeufes, d'avoir
renoncé à toutes les fauffes confolations de la terre. Quelque fatisfaction que vous paroifliez avoir en cette
vie, vous êtes les miférables; & quelques fouffrances que vous remarquiez
dans leur profeffion, elles font les
heureufes.

Tertull.
lib. ad
Marty-
res.

Tertullien exhortant autrefois les
Martyrs qui étoient dans les prifons,
leur difoit que le monde qu'ils avoient
quitté étoit une prifon bien plus fâ-
cheufe & infupportable que celle
qui les enfermoit. Vos yeux, leur di-
foit-il, font dans les ténébres, *ma-*
jores tenebras habet mundus, quæ
mentes hominum excœcant : mais le
monde en a de bien plus épaiffes &
de plus dangereufes, puifqu'elles
aveuglent l'efprit. Vos corps, à la
vérité, font chargés de fers, *gravio-*
res catenas induit mundus, quæ ipfas
animas perftringunt : mais le monde
a des chaînes bien plus péfantes &

plus honteufes, puifqu'elles tiennent
même les ames efclaves.

Voilà, mes cheres Sœurs, les confolations que nous pourrions à-peu-
près vous donner dans votre prifon
volontaire, fi vous en aviez befoin,
& fi vous n'étiez pas autant perfua-
dées que vous l'êtes, du bonheur &
de l'avantage de votre condition. Le
monde ne devroit pas être plus difficile à convaincre du malheur de la
fienne, & principalement à la vue
de l'exemple qui lui paroît aujour-
d'hui. Car, mes Freres, c'eft la prin-
cipale fin du Pafteur, en vous affem-
blant pour vous réjouïr du retour de
fa brebis, *Convocat amicos & vicinos.*
Oui, le deffein de la grace, en nous pro-
pofant un exemple fi touchant, c'eft
que tout le fiécle s'y intéreffe, & qu'il
en profite. Encore deux mots, & je finis
ce Difcours.

C'Eft une chofe admirable dans la **III.**
nature, que toutes les fois qu'elle **POINT.**
travaille à la production d'un ouvrage, elle penfe en même tems à
l'étendre & à le multiplier. Il ne fe

forme pas un fruit qu'il ne se forme
avec lui un pepin pour le reproduire.
Mais cette œconomie est pour le
moins aussi admirable dans la grace.
Celle-ci ne forme jamais une ame,
& ne la fait nouvelle créature en
Jesus-Christ, pour m'expliquer avec
saint Paul, qu'elle ne la dispose dans
le même moment à communiquer
ou par ses discours, ou par ses exemples, l'être surnaturel qu'elle y a reçu.
André n'a pas plutôt connu Jesus-
Christ, qu'il le fait connoître à Pierre
son frere ; si tôt que Philippe le trouve, il lui mene Nathanaël. Voyez
cette femme qu'il venoit de convertir au puits de Samarie : ne pouvant contenir un seul moment le feu
dont brûle son cœur, elle court en
embraser toute sa Ville. *Venite &*
videte; venez, dit-elle, & voyez.

Non, non, tous les Amans que
la grace donne à Jesus-Christ, ne
sont point jaloux ; ils sçavent assez
que ce qu'ils aiment étant infini, peut
suffire aux autres comme à eux : &
ainsi au lieu de ressembler à cet homme, dont parle saint Matthieu, qui
cacha

tacha le tréfor qu'il avoit découvert, on peut dire qu'ils reffemblent plutôt à la femme dont il eft parlé dans l'Evangile même que j'explique , qui appella tout le monde pour voir la drachme qu'elle avoit trouvée.

Quoique la fécondité de la grace l'oblige d'avoir ce deffein dans toutes fes productions , il eft conftant néanmoins qu'elle le fait davantage éclater dans les unes que dans les autres ; & il fe trouve des perfonnes qui par le rang qu'elles ont tenu dans le monde , ou par les circonftances particulieres de leur vocation , ou même par les befoins de ceux qui les environnent , femblent plus deftinées de la grace & fervir d'exemples à ramener les autres de leurs égaremens , & à les porter à Jefus-Chrift.

C'eft ce me femble , ma chere Sœur , dans ce rang & dans cet ordre que je vous apperçois aujourd'hui. Le grand éclat que fait dans le monde votre vocation , eft un trophée public de la grace , qui veut en même tems qu'elle vous touche , fe fervir de votre exemple pour toucher tout vo-

Q

tre siécle. Voilà l'état dans lequel vous pouvez vous considérer, & le principe sur lequel vous devez vous conduire. Ce vous est un grand honneur, ma chere Sœur, d'être ainsi choisie pour être l'organe & l'instrument de la grace dans le salut des hommes. Mais souvenez-vous aussi que si ce vous est un honneur, ce vous est une charge ; car que ne devez-vous pas faire pour soutenir la dignité de cet emploi ? Il faut continuer courageusement ce que vous commencez aujourd'hui, garder votre premiere ferveur, ne vous en jamais relâcher sous pretexte de quelque progrès. Pour vous animer à travailler à votre perfection particuliere, pensez que vous travaillerez en même temps au salut des autres ; que vous n'êtes point à vous ; & que pendant que le démon se sert des scandales des gens du monde pour perpetuer le vice, votre vocation vous oblige de fournir à la grace des exemples pour le détruire.

Mais aussi après cela, quelle excuse pour vous, mes Freres, & pour tous les gens du monde ? ç'a, que pouvez-vous désormais alléguer pour

vous difpenfer d'arracher votre cœur
au monde, & de le rendre à Jefus-
Chrift ? Que pouvez-vous , dis-je ,
oppofer qui foit recevable contre un
exemple fi fenfible, fi préfent à vos
yeux, fi touchant dans toutes fes circonftances ? Eft-ce que vous avez plus
d'obftacles dans le monde , que n'en
avoit cette ame courageufe ? y avez-
vous des engagemens plus forts ? y
tenez-vous un rang plus confidérable ?
y jouiffez-vous d'un âge plus florif-
fant ? *numquid delicatior es illo Se-
natore ?* difoit autrefois faint Auguftin. Ne feroit-ce point auffi que vôtre
tempérament feroit plus foible, &
votre délicateffe plus grande ? Ah !
vous fçavez , mes Freres, que fon facrifice en toutes ces chofes eft fort au-
deffus de celui que la plûpart de vous
pourriez faire ; vous fçavez tous qu'elle quitte avec le monde la poffeffion
de tout ce que l'ambition peut prétendre , qu'elle le quitte dans la fleur
de fa jeuneffe , que pour le quitter il
faut qu'elle paffe pardeffus ce que la
nature a de plus tendre , & ce que la
raifon même a de plus fort. Hé ! de

quoi pouvez-vous donc prétexter déformais votre lâcheté & vos retardemens? Elle répond puiſſamment &
ſans réplique à tout ce que vous ſçau-
riez dire : mes Freres, je ſuis obligé
de vous le dire; ſi nous ne ſommes
touchés de cet exemple, il faut que
nous en ſoyons confondus.

On a dit d'un Sage qu'il avoit vécu, afin que ſon ſiécle ne manquât
ni d'exemple, ni de reproche. Je puis
dire la même choſe ici avec plus de
raiſon. La grace éleve aujourd'hui
cette ame comme un exemple éclatant
à tout ſon ſiécle; mais en ſorte que
s'il n'en profite, cet exemple pourroit bien lui être un jour une condam-
nation éternelle. N'avons-nous pas en
effet grande raiſon de croire, que c'eſt
à un exemple ſi public & ſi touchant,
que la grace a attaché ſes derniers efforts pour notre converſion, & que ſi
un ſi grand coup de miſéricorde nous
eſt inutile, il n'y a plus rien à eſpérer
pour notre ſalut?

Là-deſſus, vous me direz, ſans
doute, eſt-ce qu'il faut que nous ſui-
vions cette ame dans le Cloître, &

que nous embraſſions avec elle les
conſeils ? Mes Freres, le Carmel eſt
une montagne qui n'eſt pas acceſſible
à tout le monde, la grace n'en applanit pas les chemins difficiles à tous
les Chrétiens, vous avez même la
plûpart des obſtacles par votre état,
qui s'y oppoſent : mais ſçavez-vous
auſſi qu'un véritable Chrétien doit
conſerver dans le monde l'eſprit de
la Religion. C'eſt une vérité dans la
Morale Chrétienne, la plus conſtante
que nous puiſſions vous prêcher, puiſque ſaint Paul ne nous prêche lui-
même autre choſe, ſinon que mar-
chant dans un corps, nous devons vivre ſelon l'eſprit ; que pour être du
ſiécle, nous ne devons pas nous conformer au ſiécle. Vous trouvez cela
difficile ; & moi je vous dis qu'il eſt
indiſpenſable. Il n'y a point de milieu : ou il faut ſe faire de la Religion
un monde nouveau ; ou il faut trouver le ſecret de ſe faire du monde
même un Monaſtere & une Religion.
Vous ne pouvez ſuivre de corps cette
ame généreuſe dans la vie parfaite
qu'elle embraſſe ; vous devez tout

au moins la suivre de l'esprit.

Saint Bernard dit qu'Elisée voyant monter Elie au Ciel dans un char de flammes , eût bien voulu monter avec lui ; mais que s'il ne lui fut pas permis de se joindre à lui de corps , il se joignit du moins à lui d'esprit , & qu'Elie emporta avec soi tous les desirs & toutes les affections de son Disciple , *univerſa ſpectantis deſideria ſecum pariter abſtulit.*

Mes chers Freres , voici une fille d'Elie qui commence aujourd'hui à monter au Ciel dans le chariot de son pere. Vos foiblesses encore plus que vos conditions, vous empêchent de vous joindre à elle, & de la suivre : mais en la voyant monter, suivez-la du moins d'esprit, s'il ne vous est pas accordé de la suivre de corps ; en sorte que l'on puisse dire qu'elle a emporté avec elle aujourd'hui , tous les desirs & toute l'affection de cette grande Assemblée, *univerſa ſpectantium deſideria ſecum pariter abſtulit.*

Oui, Messieurs, en même temps que cette ame s'éleve au-dessus de la terre, dégageons-en nos cœurs: dans le moment qu'elle se dépouille des honneurs du monde, cessons de les poursuivre ; & quand nous lui voyons vaincre le sang & la nature, ne soyons plus leurs esclaves. C'est ce que le Pasteur demande de nous, quand il nous assemble aujourd'hui ; c'est le seul moyen que nous ayons de suivre sa brebis ; c'est enfin par là que nous répondrons fidélement aux intentions de la grace, & que nous jouirons enfin de la gloire, où nous conduise le Pere, le Fils, & le Saint Esprit. *Amen.*

F I N.